813
A vida dupla de ARSÈNE LUPIN

Título original: *La double vie d'Arsène Lupin*
Copyright © Editora Lafonte Ltda., 2021

Todos os direitos reservados.
Nenhuma parte deste livro pode ser reproduzida sob quaisquer meios existentes sem autorização por escrito dos editores.

Direção Editorial Ethel Santaella
Tradução Lana Penna
Revisão Rita del Monaco
Diagramação Demetrios Cardozo
Imagens Shutterstock

```
Dados Internacionais de Catalogação na Publicação (CIP)
        (Câmara Brasileira do Livro, SP, Brasil)

Leblanc, Maurice, 1864-1941
    813 vida dupla de Arsène Lupin / Maurice Leblanc ;
tradução Lana Penna. -- 1. ed. -- São Paulo :
Lafonte, 2021.

    Título original: La double vie d'Arsène Lupin
    ISBN 978-65-5870-080-7

    1. Ficção francesa I. Título.

21-60167                                        CDD-843
```

Índices para catálogo sistemático:

1. Ficção : Literatura francesa   843

Maria Alice Ferreira - Bibliotecária - CRB-8/7964

Editora Lafonte
Av. Prof.ª Ida Kolb, 551, Casa Verde, CEP 02518-000, São Paulo-SP, Brasil – Tel.: (+55) 11 3855-2100
Atendimento ao leitor (+55) 11 3855-2216 / 11 3855-2213 – atendimento@editoralafonte.com.br
Venda de livros avulsos (+55) 11 3855-2216 – vendas@editoralafonte.com.br
Venda de livros no atacado (+55) 11 3855-2275 – atacado@escala.com.br

Impressão e Acabamento
Gráfica Oceano

MAURICE LEBLANC

813
A vida dupla de ARSÈNE LUPIN

tradução
LANA PENNA

Lafonte

2021 - Brasil

Índice

7	A chacina
53	O sr. Lenormand dá início às suas operações
71	O príncipe Sernine em ação
107	O sr. Lenormand em ação
129	O sr. Lenormand sucumbe
153	Parbury-Ribeira-Altenheim
183	O redingote verde-oliva

A chacina

1

O sr. Kesselbach parou subitamente na entrada da sala, apertou o braço de seu secretário e sussurrou com uma voz preocupada:
– Chapman, entraram aqui novamente.
– Imagine, senhor! – protestou o secretário. – O senhor mesmo acaba de abrir a porta da antessala e, enquanto estávamos no restaurante, a chave não saiu de seu bolso.
– Chapman, entraram aqui novamente – repetiu o sr. Kesselbach.
E apontou para uma bolsa de viagem que estava sobre a lareira.
– Ali está a prova. Essa bolsa estava fechada. Não está mais.
Chapman protestou:
– O senhor tem certeza de que a fechou? Aliás, só havia nesta bolsa bugigangas sem valor, artigos de toalete...
– Mas só porque eu havia retirado minha carteira antes de sair, por precaução. Caso contrário... Estou dizendo, Chapman, alguém entrou aqui enquanto almoçávamos.
Havia um telefone na parede. Ele tirou o fone do gancho.
– Alô? Aqui é o sr. Kesselbach, do apartamento 415. Isso mesmo... Senhorita, por favor, preciso de uma ligação para o Departamento de Polícia, setor da Segurança... Não necessita do número, certo? Obrigado... aguardo.

Um minuto depois, a chamada foi completada e ele continuou:

— Alô? Alô? Gostaria de falar com o sr. Lenormand, chefe da Segurança. É o sr. Kesselbach... Alô? Claro, o chefe da Segurança sabe do que se trata. Estou ligando com sua autorização... Ah, ele não está?.. Com quem tenho a honra de falar? Sr. Gourel, inspetor de polícia... Mas me parece que o senhor presenciou ontem minha conversa com o sr. Lenormand... Pois bem, senhor, o mesmo fato se repetiu hoje. Entraram no meu apartamento. Se vier agora, talvez consiga descobrir algumas pistas... Daqui a uma ou duas horas? Perfeito. É só perguntar pelo apartamento 415. Obrigado novamente.

Rudolf Kesselbach, conhecido como o rei dos diamantes — ou por sua outra alcunha, Senhor do Cabo —, era um multimilionário com uma fortuna estimada em mais de 100 milhões. De passagem por Paris, ocupava, havia uma semana, no quarto andar do Palace-Hotel, o apartamento 415, composto de três cômodos, sendo que os dois maiores, à direita, sala e quarto principal, tinham vista para a avenida. O outro, à esquerda, que servia ao secretário Chapman, dava para a rua de Judée.

Ao lado desse quarto, cinco cômodos haviam sido reservados para a sra. Kesselbach, que deveria deixar Monte Carlo, onde se encontrava atualmente, e juntar-se a seu marido assim que este sinalizasse.

Por alguns minutos, Rudolf Kesselbach andou de um lado para outro com um ar preocupado. Era um homem alto, de tez corada, ainda jovem, cujos olhos sonhadores e de um azul suave, percebidos através de seus óculos de aros dourados, expressavam doçura e timidez, em contraste com sua testa quadrada e maxilar anguloso.

Dirigiu-se até a janela e viu que estava fechada. Como teriam conseguido entrar por ali? A sacada privativa do apartamento terminava à direita; à esquerda, um muro de pedra a separava das sacadas que davam para a rua de Judée.

Ele entrou no quarto, que não tinha nenhuma comunicação com os cômodos vizinhos. Foi até o quarto de seu secretário. A porta que dava para os cinco cômodos reservados para a sra. Kesselbach estava fechada e trancada.

– Não estou entendendo nada, Chapman. Por diversas vezes constatei aqui coisas... coisas estranhas, você deve admitir. Ontem, foi minha bengala que tiraram do lugar... anteontem, tenho certeza de que mexeram em meus papéis, mas... como seria possível?

– Impossível, senhor! – exclamou Chapman, cujo plácido semblante de homem honesto não transparecia nenhuma preocupação. – São meras suposições. O senhor não tem prova nenhuma, somente impressões... Além disso, só se consegue entrar neste apartamento pela antessala. Ora, o senhor mandou fazer uma chave especial no dia em que chegou, e somente seu criado, Edwards, possui uma cópia. O senhor não confia nele?

– Por Deus, claro! Ele trabalha para mim há dez anos... Mas Edwards almoça no mesmo horário que nós, o que é um erro. No futuro, ele só deverá descer depois que voltarmos.

Chapman deu levemente de ombros. Decididamente, o Senhor do Cabo estava um tanto esquisito com seus inexplicáveis temores. Que risco se poderia correr dentro de um hotel, sobretudo sem carregar consigo pertences de valor ou alguma grande soma em dinheiro?

Ouviram a porta do vestíbulo abrir-se. Era Edwards. O sr. Kesselbach o havia chamado.

– Está de uniforme, Edwards? Ah, ótimo! Não estou esperando visitas hoje, Edwards... ou melhor, só uma visita, a do sr. Gourel. Até lá, permaneça no vestíbulo e fique de olho na porta. Temos um trabalho sério a fazer, Chapman e eu.

O trabalho sério durou alguns instantes, durante os quais o sr. Kesselbach examinou sua correspondência, leu três ou quatro cartas e indicou as respostas necessárias. Mas, de repente, Chapman, que esperava com a pena levantada, se deu conta de que não era em sua correspondência que o sr. Kesselbach estava pensando.

Ele segurava entre os dedos, olhando com atenção, um alfinete preto curvo em forma de anzol.

– Chapman – disse –, veja o que encontrei sobre a mesa. É evidente que este alfinete curvo significa algo. Eis uma prova cabal. E você não pode mais afirmar que ninguém entrou nesta sala. Afinal, este alfinete não veio parar aqui sozinho.

– Certamente que não – respondeu o secretário. Ele veio comigo.

– Como assim?

– Sim, eu usava esse alfinete para prender minha gravata ao colarinho. Retirei ontem à noite enquanto o senhor lia, e o entortei inconscientemente.

O sr. Kesselbach se levantou, muito contrariado, deu alguns passos e parou:

– Você deve estar achando engraçado, Chapman... e com razão... não nego, ando um tanto... estranho, desde minha última viagem à Cidade do Cabo. É que... aí é que está... você não sabe de uma novidade que surgiu na minha vida. Um projeto formidável... algo enorme... que por enquanto só vejo envolto nas brumas do futuro, mas que vem se esboçando... e será colossal. Ah, Chapman, você não imagina! O dinheiro, eu o desprezo... tenho até demais... Mas isso significa algo mais; significa poder, força, autoridade. Se a realidade confirmar minhas expectativas, não serei mais somente o Senhor do Cabo, mas também senhor de outros reinos... Rudolf Kesselbach, filho de um caldeireiro de Augsburgo, andará em pé de igualdade com gente que, até então, o tratava como inferior. Ele vai superá-los, Chapman, será maior que eles, tenha certeza... e se algum dia eu...

Ele interrompeu-se e olhou para Chapman, como se arrependido de ter falado demais. No entanto, carregado pelo entusiasmo, concluiu:

– Veja bem, Chapman, os motivos de minha preocupação... aqui, dentro deste cérebro, existe uma ideia valiosa... e talvez alguém já suspeite dela... e está sendo espionada... estou certo disso...

Uma campainha tocou.

– O telefone... – disse Chapman.

– Será... – sussurrou o sr. Kesselbach – poderia ser...

Atendeu o telefone.

– Alô?... Da parte de quem? Do coronel?...Ah! Sim, sou eu... Alguma novidade?... Perfeito... aguardo o senhor, então... Seus homens virão junto? Perfeito... Alô? Não, não nos incomoda... darei as ordens necessárias... Então é grave assim?.. Reitero que as instruções serão categóricas... meu secretário e meu criado ficarão de guarda na porta e ninguém terá permissão de entrar. O senhor conhece o caminho, não? Então não perca nem mais um minuto.

Ele desligou e disse:

– Chapman, estou esperando dois senhores... Sim, dois senhores... Edwards os receberá...

– Mas... e o sr. Gourel... o sargento?

– Ele chegará mais tarde, daqui a uma hora. De qualquer forma, não é problema que eles se encontrem. Então diga a Edwards que vá imediatamente à recepção para avisar que não estarei para ninguém que não sejam os dois senhores, o coronel e seu amigo, e o sr. Gourel. Peça que anote seus nomes.

Chapman cumpriu as ordens. Ao retornar, encontrou o sr. Kesselbach segurando um envelope, ou melhor, uma pequena carteira de marroquim preto, aparentemente vazia. Parecia hesitar, como se não soubesse o que fazer com ela. Guardaria no bolso, ou colocaria em outro lugar? Afinal, aproximou-se da lareira e jogou o envelope de couro dentro de sua bolsa de viagem.

– Vamos terminar a correspondência, Chapman. Temos dez minutos ainda. Ah, uma carta da sra. Kesselbach! Como você não me avisou, Chapman? Não reconheceu a letra?

Não escondeu a emoção que sentia ao tocar e contemplar aquela folha de papel que sua esposa tivera entre os dedos, onde depositara um pouco de seus pensamentos secretos. Aspirou seu perfume, abriu o envelope e leu a carta lentamente, em voz baixa, deixando escapar fragmentos que Chapman conseguia ouvir:

– Um pouco cansada... não saio do quarto... estou entediada... quando poderei encontrá-lo? Um telegrama seu seria bem-vindo...

– Você telegrafou esta manhã, Chapman? Assim, a sra. Kesselbach estará aqui amanhã, quarta-feira.

Parecia bem feliz, como se o peso de seus problemas subitamente se tornasse leve, livrando-o de qualquer preocupação. Ele esfregou as mãos e respirou profundamente, como homem forte, certo do sucesso, e como homem feliz, que possuía a felicidade e a capacidade para se defender.

– Estão tocando na antessala, Chapman. Vá ver quem é.

Mas Edwards entrou e disse:

– Há dois cavalheiros perguntando pelo senhor. São aqueles...

— Eu sei. Estão na antessala?

— Sim, senhor.

— Feche a porta da antessala e só abra novamente para o sr. Gourel, sargento da Segurança. Chapman, vá buscar os cavalheiros e diga que quero falar primeiro com o coronel, a sós.

Edwards e Chapman saíram, fechando a porta da sala. Rudolf Kesselbach dirigiu-se até a janela e apoiou a testa contra o vidro.

Na rua, abaixo de si, as carruagens e os automóveis rodavam pelos sulcos paralelos, marcados pela linha dupla das calçadas. Um sol brilhante de primavera faiscava nos metais e vernizes. Nas árvores, o verde começava a brotar, e os botões das castanheiras desabrochavam.

— Que diabos o Chapman está fazendo? — murmurou Kesselbach. — Perdendo tempo com palavreados...

Pegou um cigarro sobre a mesa, acendeu e tragou algumas vezes. De repente, deixou escapar um leve grito e deu um passo para trás: à sua frente, estava um homem desconhecido.

— Quem é o senhor?

O homem, um indivíduo corretamente trajado, até elegante, de cabelos e bigode pretos, olhar duro, riu com sarcasmo:

— Quem sou eu? Ora, o coronel...

— Não, não... aquele que chamo dessa forma, que me escreve com essa assinatura... não é o senhor.

— Sou, sim... o outro é que não passava de... enfim, caro senhor, nada disso tem importância. O essencial é que eu... sou eu. E juro-lhe que sou.

— Mas, afinal, senhor, qual o seu nome?

— Coronel... até segunda ordem.

Um medo crescente tomava conta do sr. Kesselbach. Quem era aquele homem? O que ele queria? Ele gritou:

– Chapman!

– Que intrigante, essa ideia de chamá-lo! Minha companhia não é suficiente?

– Chapman! – repetiu o sr. Kesselbach. – Chapman! Edwards!

– Chapman! Edwards! – imitou o desconhecido. – O que estão fazendo, meus amigos? Vocês estão sendo solicitados!

– Senhor, por favor, ordeno que me deixe passar.

– Mas, meu caro senhor, quem o impede?

Afastou-se polidamente e o sr. Kesselbach avançou até a porta. Ao abrir, deu um salto brusco para trás: lá estava outro homem, empunhando um revólver.

Ele gaguejou:

– Edwards... Chap...

Não concluiu. No canto da antessala, estendidos lado a lado, amordaçados e amarrados, estavam seu secretário e seu criado.

O sr. Kesselbach, apesar de sua natureza inquieta e sensível, era corajoso, e o sentimento de perigo iminente, em vez de abatê-lo, devolveu-lhe toda sua bravura e sua energia.

Lentamente, simulando medo e estupor, ele recuou até a lareira e apoiou-se contra a parede. Seu dedo procurava a campainha elétrica. Encontrou-a e apertou o botão demoradamente.

– E então? – perguntou o desconhecido.

Sem responder, o sr. Kesselbach continuava a apertar o botão.

– E então? Espera que venham aqui, que o hotel inteiro entre em rebuliço porque está apertando esse botão?... Meu pobre senhor, vire-se para trás e verá que o fio foi cortado.

O sr. Kesselbach virou-se bruscamente, como se quisesse certificar-se, mas, com um gesto rápido, agarrou a bolsa de viagem, de onde sacou um revólver, apontou para o homem e apertou o gatilho.

– Nossa! – exclamou este. – Então você carrega suas armas com ar e silêncio?

Apertou o gatilho uma segunda vez, e uma terceira. Nenhum estampido.

– Mais três tiros, rei do Cabo. Só ficarei satisfeito quando tiver seis balas na pele.

Quê? Está desistindo? Que pena... o treino estava indo bem.

Ele agarrou uma cadeira pelo encosto, virou-a para si e sentou-se com as pernas abertas, apontando uma poltrona para o sr. Kesselbach:

– Sente-se, caro senhor, sinta-se em casa. Quer um cigarro? Eu não, prefiro charutos.

Havia uma caixa sobre a mesa. Ele escolheu um Upmann claro e benfeito, acendeu-o e inclinou-se:

– Obrigado. Divino, esse charuto. E agora, vamos ter uma conversa?

Rudolf Kesselbach escutava com espanto. Quem era aquele estranho personagem? Contudo, ao ver aquela figura tão tranquila e loquaz, foi aos poucos se acalmando, e começou a acreditar que a situação poderia se resolver sem violência ou brutalidade. Tirou a carteira do bolso e a abriu, exibindo um maço respeitável de notas, e perguntou:

– Quanto?

O outro o olhou com um ar pasmo, como se não conseguisse compreender. Passado um momento, chamou:

– Marco!

O homem do revólver deu um passo à frente.

– Marco, o cavalheiro está fazendo a gentileza de oferecer uns papeizinhos para a sua garota. Aceite, Marco.

Ainda apontando o revólver com a mão direita, Marco estendeu a mão esquerda, pegou as cédulas e se retirou.

– Agora que essa questão foi resolvida de acordo com sua vontade – continuou o desconhecido –, vamos ao motivo de minha visita. Quero duas coisas. Primeiro, um pequeno envelope de marroquim preto que o senhor costuma carregar consigo. Segundo, uma caixinha de ébano que, ainda ontem, se encontrava dentro da bolsa de viagem. Vamos pela ordem. O envelope de marroquim?

– Queimei.

O desconhecido franziu a testa. Parecia estar pensando nos bons tempos, quando havia meios categóricos de obrigar as pessoas a falarem.

– Certo. Depois veremos. E a caixinha de ébano?

– Queimei.

– Ah! – resmungou. – Você está zombando de mim, meu caro. E torceu-lhe o braço de maneira impiedosa.

– Ontem, Rudolf Kesselbach, o senhor entrou no Crédit Lyonnais, no bulevar des Italiens, com um pacote escondido sob seu casaco. Alugou um cofre... Mais precisamente, o cofre de número 16, fileira 9. Depois de assinar e pagar, desceu até o subsolo e, ao subir de volta, não estava mais com o pacote. Correto?

– Exato.

– Então a caixinha e o envelope estão no Crédit Lyonnais?

– Não.

– Passe-me a chave de seu cofre.

– Não.

– Marco!

Marco apareceu prontamente.

– Vá em frente, Marco. O nó quádruplo.

Antes mesmo de ter tempo de se pôr na defensiva, Rudolf Kesselbach foi amarrado em um emaranhado de cordas que

lanhavam sua carne quando ele tentava se debater. Seus braços foram imobilizados para trás, seu torso preso à poltrona e suas pernas amarradas com faixas, como se fosse uma múmia.
– Reviste-o, Marco.
Marco o revistou. Dois minutos depois, entregou a seu chefe uma pequena chave achatada, de níquel, com os números 16 e 9.
– Perfeito. Nada de envelope de marroquim?
– Não, chefe.
– Está dentro do cofre. Sr. Kesselbach, queira me passar a senha.
– Não.
– Vai se recusar?
– Vou.
– Marco?
– Chefe?
– Encoste o cano do revólver na têmpora do cavalheiro.
– Pronto.
– Coloque o dedo sobre o gatilho.
– Feito.
– E então, meu velho Kesselbach, decidiu falar?
– Não.
– Você tem dez segundos, nem um segundo a mais. Marco?
– Sim, chefe?
– Em dez segundos você vai estourar os miolos desse cavalheiro.
– Entendido.
– Kesselbach, vou contar: um, dois, três, quatro, cinco, seis...
Rudolf Kesselbach fez um sinal:
– Vai falar?
– Vou.
– Já não era sem tempo. Então, qual é o número... a palavra secreta?

– Dolor.
– Dolor... Dor... A sra. Kesselbach não se chama Dolores? Mas que querido!... Marco, vá fazer o que foi combinado... Sem erros, hein? Recapitulando... Você vai encontrar o Jérôme onde já sabe, entregar-lhe a chave e passar a senha: Dolor. Vocês irão juntos ao Crédit Lyonnais. Jérôme entrará sozinho, assinará o livro de registro, descerá até o porão e trará tudo que estiver dentro do cofre. Entendeu?
– Sim, chefe. Mas se por acaso o cofre não abrir, se a palavra "Dolor"...
– Silêncio, Marco. Ao sair do Crédit Lyonnais, deixe o Jérôme, volte para sua casa e me telefone informando o resultado da operação. Se por acaso a palavra "Dolor" não abrir o cofre, então meu amigo Kesselbach e eu teremos uma última conversinha. Kesselbach, tem certeza de que não se enganou?
– Tenho.
– Isso quer dizer que está esperando que a busca seja em vão. É o que veremos. Pode ir, Marco.
– E o senhor, chefe?
– Eu fico. Não se preocupe. Nunca corri tão pouco perigo. Não é mesmo, Kesselbach? As ordens para a abertura da porta foram categóricas, certo?
– Certo.
– Diabos, você disse isso em um tom afoito demais! Por acaso está tentando ganhar tempo? Então eu cairia em uma armadilha, como um idiota?

Ele pensou, olhou para seu prisioneiro e concluiu:
– Não... não é possível... não seremos incomodados...

Ele nem terminou a frase e a campainha tocou. Com a mão, tapou violentamente a boca de Rudolf Kesselbach.
– Ah, sua raposa velha, estava esperando alguém!

Os olhos do prisioneiro brilhavam de esperança, e era possível ouvir sua risada por baixo da mão que o calava. O homem tremia de raiva.

– Cale-se... senão, estrangulo você. Tome, Marco, amordace-o. Rápido... Muito bem.

Tocaram novamente. Ele respondeu como se fosse Rudolf Kesselbach, e Edwards ainda estivesse lá fora:

– Abra a porta, Edwards.

Depois, passou discretamente para a antessala e, em voz baixa, disse apontando para o secretário e o criado:

– Marco, ajude-me a empurrá-los para dentro do quarto... ali... de forma que não possam ser vistos.

Levou o secretário, e Marco se encarregou do criado.

– Ótimo, agora volte para a sala.

Ele o seguiu e, passando novamente pela antessala, falou bem alto em um tom de espanto:

– Mas seu criado não está aqui, sr. Kesselbach!... não, não saia daí... termine sua carta... eu posso atender.

E, tranquilamente, abriu a porta de entrada.

– Sr. Kesselbach?

Ele viu diante de si um gigante de rosto largo e alegre, olhar vivo, balançando de um lado para outro e torcendo com as mãos as abas do chapéu. Respondeu:

– Perfeitamente, é aqui mesmo. A quem devo anunciar?

– O sr. Kesselbach telefonou... está me aguardando...

– Ah, é o senhor... vou avisá-lo. Pode aguardar um minuto? O sr. Kesselbach vai recebê-lo.

Teve a audácia de deixar o visitante na antessala, em um ponto de onde conseguiria ver, através da porta aberta, parte da sala. E, lentamente, sem nem mesmo se virar, ele entrou, foi até seu cúmplice, ao lado do sr. Kesselbach, e disse:

– Estamos perdidos. É o Gourel, da Segurança...

Marco empunhou sua faca. O outro agarrou seu braço:

– Não vá fazer nenhuma asneira! Tive uma ideia. Mas, pelo amor de Deus, me escute, Marco, e fale... Fale como se fosse o Kesselbach... Entendeu, Marco? Você é o Kesselbach.

Expressou-se com tamanho sangue frio e uma autoridade tão violenta, que Marco entendeu, sem mais explicações, que deveria fazer o papel de Kesselbach, e pronunciou de maneira a ser ouvido:

– Peço desculpas, meu caro. Diga ao sr. Gourel que sinto muito, mas que estou atolado em afazeres... Eu o receberei amanhã de manhã, às 9 horas. Sim, às 9 horas em ponto.

– Ótimo – sussurrou o outro. – Não se mexa mais.

Voltou para a antessala, onde Gourel aguardava. Disse-lhe:

– O sr. Kesselbach pede desculpas, mas está terminando um trabalho importante. O senhor poderia voltar amanhã de manhã, às 9 horas?

Houve um silêncio. Gourel parecia surpreso e vagamente inquieto. No fundo do bolso, o punho do homem se fechou. Qualquer gesto em falso, e ele o golpearia.

Por fim, Gourel disse:

– Certo... amanhã às 9 horas... mas é que... bem, está certo, às 9 horas estarei aqui.

E, colocando seu chapéu, afastou-se pelos corredores do hotel.

Marco, na sala, soltou uma gargalhada.

– Muito bom, chefe, o senhor o enganou direitinho!

– Ande, Marco, você vai segui-lo. Assim que ele sair do hotel, vá encontrar o Jérôme, como combinado... e telefone.

Marco saiu rapidamente.

O homem então pegou um jarro sobre a lareira e serviu um

grande copo d'água, que ele engoliu de uma só vez. Molhou seu lenço, passou sobre a testa coberta de suor, depois se sentou junto de seu prisioneiro, e disse-lhe com uma polidez forçada:
— Mas preciso ter a honra de me apresentar, sr. Kesselbach.
E, tirando um cartão do bolso, ele anunciou:
— Arsène Lupin, ladrão-cavalheiro.

2

O NOME DO CÉLEBRE AVENTUREIRO PARECEU CAUSAR NO SR. Kesselbach a melhor das impressões. Lupin percebeu e exclamou:
— Ah, caro senhor, vejo que voltou a respirar! Arsène Lupin é um ladrão delicado. Tem aversão por sangue e nunca cometeu outro crime senão se apropriar dos bens alheios... um pecadilho, por assim dizer! Ele não vai carregar à toa em sua consciência o peso de um assassinato desnecessário. Certo... mas será sua eliminação tão desnecessária assim? Essa é a questão. Neste momento, juro que não estou brincando. Vamos, camarada.

Ele puxou sua cadeira para perto da poltrona, soltou a mordaça de seu prisioneiro e disse claramente:
— Sr. Kesselbach, no dia em que chegou a Paris, você entrou em contato com Barbareux, diretor de uma agência de inteligência confidencial e, como isso se deu sem o conhecimento de seu secretário Chapman, o sr. Barbareux, quando se comunicava com você, por carta ou telefone, se denominava "o coronel". Apresso-me em dizer que Barbareux é o homem mais honesto do mundo. Mas tenho a sorte de ter um de meus melhores amigos como seu empregado. Foi assim que soube

o motivo de sua aproximação junto a Barbareux, e foi assim que fui levado a cuidar de você e a lhe fazer, utilizando chaves falsas, algumas visitas domiciliares durante as quais não encontrei o que queria, infelizmente.

Baixou a voz e, olhando nos olhos de seu prisioneiro, examinando sua expressão e tentando sondar seus pensamentos, pronunciou:

– Sr. Kesselbach, você encarregou Barbareux de encontrar no submundo de Paris um homem que atende, ou atendia, pelo nome de Pierre Leduc, cuja descrição aqui resumo: 1,75 m de altura, loiro, de bigode. Sinal particular: como consequência de um ferimento, a extremidade do dedo mínimo da mão esquerda foi decepada. Além disso, possui uma cicatriz quase imperceptível na face direita. Você parece atrelar à descoberta desse homem uma importância enorme, como se ele pudesse lhe resultar vantagens consideráveis. Quem é esse homem?

– Não sei.

A resposta foi categórica, absoluta. Sabia ou não sabia? Pouco importava. O essencial era que ele estava decidido a não falar nada.

– Certo – disse seu adversário. – Mas você tem informações a seu respeito mais detalhadas do que as fornecidas a Barbareux?

– Nenhuma.

– Está mentindo, sr. Kesselbach. Por duas vezes, na frente de Barbareux, você consultou papéis que estavam dentro do envelope de marroquim.

– De fato.

– E onde está esse envelope?

– Queimei.

Lupin tremia de raiva. Evidentemente, a ideia de tortura e as facilidades que ela oferecia voltaram a passar pela sua cabeça.

– Queimou? Mas a caixinha... então você admite... admite que ela está no Crédit Lyonnais?

– Sim.

– E o que há dentro dela?

– Os duzentos diamantes mais belos de minha coleção particular.

Essa afirmação não pareceu desagradar ao aventureiro.

– Ah, os duzentos diamantes mais belos! Mas então é uma fortuna... Sim, isso faz você sorrir... Para você, é uma ninharia. E seu segredo vale mais do que isso. Para você, sim. Mas e para mim?

Pegou um charuto, acendeu um fósforo, que deixou apagar espontaneamente, e por algum tempo permaneceu pensativo, imóvel. Minutos se passaram.

Pôs-se a rir.

– Você espera mesmo que dê tudo errado e não consigam abrir o cofre? É possível, meu caro. Mas então será preciso me pagar pelo trabalho que tive. Não vim aqui para ver a cara que você faz em uma poltrona... Os diamantes, já que há diamantes... Senão, o envelope de marroquim. Está aí o dilema.

Ele olhou o relógio.

– Meia hora... Nossa! O destino se arrasta... Mas não ria, sr. Kesselbach. Palavra de cavalheiro, não vou embora de mãos abanando... Ah, finalmente!

Era o telefone. Lupin o atendeu rapidamente e, mudando o timbre de voz, imitou o sotaque áspero de seu prisioneiro:

– Sim, sou eu, Rudolf Kesselbach... Ah! Sim, senhorita, pode passar... É você, Marco?... Perfeito... Correu tudo bem?... Na hora certa... Sem contratempos?... Parabéns... E então, o que pegaram? A caixinha de ébano... Mais nada? Nenhum papel?...

Ora, ora... E na caixinha? São bonitos, esses diamantes?... Perfeito... perfeito... Um minuto, Marco, deixe-me pensar... tudo isso, veja bem... se eu disser minha opinião... Espere aí, não desligue... fique na linha.

Virou-se:

– Sr. Kesselbach, você gosta de seus diamantes?

– Sim.

– Você os compraria de volta de mim?

– Talvez.

– Por quanto? 500 mil?

– Quinhentos mil... sim...

– Mas há um problema... Como faríamos a transação? Por cheque? Não, você me enganaria, ou ainda, eu o enganaria... Preste atenção, depois de amanhã, pela manhã, passe no Lyonnais, pegue suas quinhentas cédulas e vá passear no Bois, perto de Auteil... eu devo estar com os diamantes... dentro de uma bolsa, é melhor... a caixinha chama muita atenção.

– Não... não... a caixinha... quero tudo...

– Ah!... – disse Lupin, gargalhando. – Caiu direitinho... Então não se importa com os diamantes, pois podem ser substituídos... Mas agarra-se à caixinha como se fosse sua pele... Ótimo, você terá sua caixinha... palavra de Arsène... você receberá sua caixinha amanhã de manhã, pelo correio!

Voltou ao telefone:

– Marco, a caixa está à sua vista? Há algo de peculiar nela? Ébano, incrustada de marfim... sim, conheço... estilo japonês, faubourg Saint-Antoine... Sem marcas? Ah, uma pequena etiqueta redonda, de borda azul, com um número... sim, uma marca comercial... não tem importância. E a parte de baixo da caixa, é grossa?... Nossa! Então não tem fundo falso. Marco, examine as incrustações de marfim por cima... ou melhor, na tampa.

Exultou de alegria.
— A tampa! É isso, Marco! Kesselbach acaba de piscar... Estamos quentes!... Ah, meu velho Kesselbach, então não viu que eu o observava. Que tonto!

E, voltando ao Marco:
— E agora, o que está vendo? Um espelho dentro da tampa? Ele sai? Tem ranhuras? Não... então quebre. Sim, estou mandando quebrar... Esse espelho não tem nenhuma razão de ser... foi colocado depois.

Perdeu a paciência:
— Seu imbecil, não se intrometa no que não lhe diz respeito... Só obedeça.

Ele deve ter ouvido o barulho que Marco fazia do outro lado da linha ao quebrar o espelho, pois exclamou triunfante:
— Não disse, sr. Kesselbach, que a caçada seria boa?... Alô? Deu certo? Uma carta? Vitória! Todos os diamantes do Cabo e o segredo do cidadão!

Tirou o segundo fone do gancho, posicionou cuidadosamente os dois discos sobre as orelhas e continuou:
— Leia, Marco, leia com calma... Primeiro o envelope... Ótimo... Agora repita.

Ele mesmo repetiu:
— Cópia da carta que está dentro do envelope de marroquim preto. E depois? Rasgue o envelope, Marco. Você permite, sr. Kesselbach? Não é muito correto, mas enfim... Pode fazer, Marco, o sr. Kesselbach autoriza. Pronto? Então leia.

Ele escutou e disse, rindo:
— Diabos! Não é nada óbvio. Vejamos, vou repetir: uma folha simples de papel dobrada em quatro e cujas dobras parecem novas... Ótimo... No alto dessa página, à direita, as seguintes palavras: um metro e setenta e cinco, dedo mínimo es-

querdo cortado etc. Sim, essa é a descrição do sr. Pierre Leduc. Na letra de Kesselbach, certo? Ótimo... e no meio da página, a seguinte palavra, em letras maiúsculas:

APOON

Marco, meu caro, deixe o papel, e não mexa na caixinha ou nos diamantes. Daqui a dez minutos terei terminado com o cavalheiro, e daqui a vinte minutos ligo novamente... Ah, aliás, você me enviou o automóvel? Perfeito. Até breve.

Desligou o telefone, passou pelo vestíbulo e entrou no quarto, para se certificar de que o secretário e o criado não haviam conseguido se soltar, e que também não corriam o risco de se sufocar com a mordaça, e voltou para seu prisioneiro.

Ele tinha no rosto uma expressão determinada e implacável.

– Chega de brincadeiras, Kesselbach. Se você não falar, azar o seu. Tomou uma decisão?

– A respeito de quê?

– Sem gracinhas. Conte-me o que você sabe.

– Eu não sei de nada.

– Está mentindo. O que quer dizer a palavra Apoon?

– Se eu soubesse, não a teria escrito.

– Certo, mas a quem ou ao quê ela se refere? De onde você a copiou? De onde você a tirou?

O sr. Kesselbach não respondeu. Lupin continuou, agora mais nervoso e brusco:

– Escute, Kesselbach, vou lhe fazer uma proposta. Por maior e mais rico que você seja, não há tanta diferença entre mim e você. O filho do caldeireiro de Augsburgo e Arsène Lupin, príncipe dos ladrões, podem chegar a um acordo que não envergonhe nenhum dos lados. Eu roubo de dentro das casas e você rouba na Bolsa de Valores. É tudo a mesma coisa. É isso, Kesselbach. Vamos fazer uma parceria. Preciso de você porque não sei do que se trata. Você precisa de mim porque, sozinho, não vai conseguir. Barbareux é um parvo. Eu sou Lupin. De acordo?

Silêncio. Lupin insistiu, com a voz trêmula:

– Responda, Kesselbach, de acordo? Se estiver, em quarenta e oito horas encontro seu Pierre Leduc. O negócio é com ele, não? Responda! Quem é esse sujeito? Por que está atrás dele? O que sabe a seu respeito? Quero saber.

Lupin acalmou-se subitamente, colocou a mão no obro do alemão e, em um tom ríspido, disse:

– Uma palavra só. Sim... ou não?

– Não.

Tirou do bolsinho de Kesselbach um magnífico cronômetro de ouro e o colocou sobre os joelhos do prisioneiro.

Desabotoou o colete de Kesselbach, abriu a camisa revelando o peito e, agarrando na mesa ao lado um estilete de aço, com cabo incrustado em ouro, colocou a ponta no lugar onde os batimentos cardíacos faziam seu peito nu pulsar.

– Uma última vez?

– Não.

– Sr. Kesselbach, faltam oito minutos para as três. Se daqui a oito minutos você não tiver respondido, será um homem morto.

3

NA MANHÃ SEGUINTE, PONTUALMENTE NA HORA COMBINADA, o sargento Gourel apresentou-se no Palace Hotel. Sem parar e desdenhando do elevador, ele subiu as escadas. No quarto andar, virou à direita, seguiu pelo corredor e foi tocar a campainha do 415.

Como não ouviu nenhum barulho, tocou novamente. Depois de meia dúzia de tentativas infrutíferas, dirigiu-se à recepção do andar, onde havia um mordomo.

– O sr. Kesselbach, por favor? Já toquei mais de dez vezes.

– O sr. Kesselbach não dormiu aqui. Não o vemos desde a tarde de ontem.

– Mas e seu criado? E seu secretário?

– Também não vimos nenhum dos dois.

– Então eles também não teriam dormido no hotel?

– Imagino que não.

– Imagina que não? Mas deveria ter certeza!

– Por quê? O sr. Kesselbach não está em um hotel, está na casa dele, em seu apartamento privado. Não somos nós que o servimos, mas sim seu criado, e não sabemos nada do que se passa dentro de sua casa.

– De fato... de fato...

Gourel parecia bastante confuso. Ele viera com ordens categóricas, uma missão precisa, com limites dentro dos quais sua inteligência poderia se exercer. Fora desses limites, ele não sabia muito bem como agir.

– Se o chefe estivesse aqui... – murmurou. – Se o chefe estivesse aqui...

Mostrou seu cartão para o funcionário e enumerou seus títulos. Depois perguntou, por acaso:

– Então não os viu chegando?

– Não.

– Mas os viu saindo?

– Também não.

– Então como sabe que eles saíram?

– Por um cavalheiro, que veio ontem à tarde ao 415.
– Um cavalheiro de bigode castanho?
– Sim. Eu o encontrei quando ele estava de saída, por volta das 3 horas. Ele me disse: "Os hóspedes do 415 acabam de sair. Kesselbach dormirá esta noite em Versalhes, nos Réservoirs, para onde você pode enviar sua correspondência".
– Mas quem era esse cavalheiro? Em que condição ele falava?
– Isso eu não sei dizer.

Gourel estava preocupado. Tudo lhe parecia muito estranho.

– O senhor tem a chave?
– Não. O sr. Kesselbach mandou fazer chaves especiais.
– Vamos ver.

Gourel tocou de novo, furiosamente. Nada. Estava prestes a partir quando, de repente, abaixou-se e encostou sua orelha contra o buraco da fechadura.

– Ouça... parecem... sim, com certeza... bem nítido... lamentos... gemidos...

Ele esmurrou violentamente a porta.

– Mas o senhor não tem o direito!...
–Não tenho o direito?

Ele batia com força redobrada, mas totalmente em vão, então logo desistiu.

– Rápido, tragam um chaveiro!

Um dos mensageiros partiu correndo.

Gourel andava de um lado para outro, vociferante e indeciso. Os empregados dos demais andares formavam grupinhos, enquanto chegava a equipe da recepção e da gerência. Gourel gritou:

– Mas por que não entramos pelos quartos contíguos? Eles não têm comunicação com o apartamento?

– Sim, mas as portas comunicantes estão sempre trancadas de ambos os lados.

– Então vou telefonar para a Segurança – disse Gourel, para quem visivelmente não existia salvação sem seu chefe.

– E para o comissariado de polícia – observaram.

– Sim, por favor – respondeu, em um tom de pouco interesse nessa formalidade.

Quando ele voltou do telefonema, o chaveiro estava terminando de testar suas chaves. A última destrancou a fechadura. Gourel entrou rapidamente.

Ele logo correu para o lugar de onde vinham os gemidos, e se deparou com os corpos do secretário Chapman e do criado Edwards. Um deles, Edwards, com paciência havia conseguido afrouxar um pouco a mordaça, e emitia pequenos grunhidos abafados. O outro parecia desacordado.

Eles foram soltos. Gourel parecia preocupado.

– E o sr. Kesselbach?

Entrou na sala. O sr. Kesselbach estava sentado e preso ao encosto da poltrona, perto de sua mesa, com a cabeça inclinada sobre o peito.

– Desmaiou – disse Gourel, aproximando-se. – Deve ter se debatido até a exaustão.

Com gestos rápidos, cortou as cordas que amarravam seus ombros. O torso tombou para frente de uma vez.

Gourel o segurou com o corpo e recuou, soltando um grito de pavor:

– Ele está morto! Sintam... as mãos estão geladas, vejam os olhos!

Alguém arriscou:

– Uma congestão vascular, provavelmente... ou um aneurisma que se rompeu.

– De fato, não há sinais de ferimento... foi morte natural.

Estenderam o cadáver sobre o sofá e desabotoaram suas roupas. Mas logo viram surgirem manchas vermelhas sobre a camisa branca, e ao tirá-la perceberam uma ferida na região do coração, por onde corria um filete de sangue.

E sobre a camisa havia um cartão preso com um alfinete. Gourel debruçou-se para olhar. Era o cartão de Arsène Lupin, também ensanguentado.

Então Gourel se levantou, autoritário e brusco:

– Um crime!... Arsène Lupin!... Saiam... Saiam todos! Que não fique ninguém nesta sala, nem no quarto. Levem esses cavalheiros e cuidem deles em algum outro cômodo!

Saiam todos! E não encostem em nada. O chefe está a caminho!

4

ARSÈNE LUPIN!

Gourel repetia essas duas fatídicas palavras com um ar absolutamente petrificado. Elas ressoavam nele como um dobrar de sinos. Arsène Lupin, o rei dos bandidos! O aventureiro supremo! Seria possível?

– Não, não – ele murmurou. – Não é possível, porque ele está morto!

Mas, justamente... estaria ele realmente morto?

Arsène Lupin!

De pé, perto do cadáver, ele permanecia anestesiado, virando o cartão incessantemente entre os dedos com um certo temor, como se acabasse de ser provocado por um fantasma. Arsène Lupin! O que ele deveria fazer? Agir? Entrar na briga com os próprios recursos? Não, não... era melhor não fazer nada. Os erros seriam inevitáveis se ele aceitasse o desafio contra um adversário como aquele. Ademais, o chefe estava a caminho.

O chefe estava a caminho! Toda a psicologia de Gourel se resumia a essa pequena frase. Hábil e perseverante, cheio de coragem e experiência, dotado de uma força hercúlea, ele era daqueles que só avançam quando dirigidos e só fazem um bom trabalho quando comandados. E quanto essa falta de iniciativa não se agravou depois que o sr. Lenormand assumiu o lugar do sr. Dudouis na Segurança!

O sr. Lenormand era de fato um chefe! Com ele, o caminho certo era garantido! Tão garantido, que Gourel parava assim que deixava de receber incentivos do chefe.

Mas o chefe estava a caminho! No relógio, Gourel calculava a hora exata de sua chegada, esperando que o comissário de polícia não chegasse primeiro e que o juiz de instrução, provavelmente já designado, ou o médico-legista, não viessem fazer constatações inoportunas antes que o chefe tivesse tempo de fixar na mente os pontos essenciais do caso!

– Ei, Gourel, com o que está sonhando?

– Chefe!

O sr. Lenormand ainda era um homem jovem, se considerássemos sua expressão facial e os olhos que brilhavam por trás dos óculos; mas era quase um velho se visto por suas costas curvadas, sua pele seca e amarelada como cera, sua barba e seus cabelos grisalhos, toda sua aparência decrépita, hesitante e doente.

Passara sua vida com muita dificuldade nas colônias, como comissário do governo, nos postos mais perigosos. Lá, ganhou febres, uma energia indomável apesar de sua decadência física, o hábito de viver sozinho, de falar pouco e de agir em silêncio, uma certa misantropia e, de repente, por volta dos 55 anos, após o famoso caso dos três espanhóis de Biskra, a grande e merecida notoriedade.

Feita a justiça, ele logo foi transferido para Bordeaux, em seguida promovido a subchefe em Paris e, depois, com a morte do sr. Dudouis, a chefe da Segurança. E em cada um desses postos demonstrara uma inventividade tão curiosa em seus procedimentos, tanta desenvoltura, qualidades tão novas e originais, e sobretudo obtivera resultados tão precisos na condução dos quatro ou cinco últimos escândalos que fascinaram a opinião pública, que seu nome passou a ser citado entre os mais ilustres policiais.

Gourel, por sua vez, não hesitava. Preferido do chefe, que o apreciava por sua franqueza e sua obediência passiva, ele punha o sr. Lenormand em um pedestal. Era o ídolo, o deus que nunca se engana.

O sr. Lenormand, naquele dia, parecia especialmente cansado. Sentou-se com desânimo, levantou a cauda de seu redingote, um redingote velho famoso por seu corte antiquado e por sua cor verde-oliva, afrouxou seu lenço, um lenço marrom igualmente famoso, e murmurou:

– Fale!

Gourel contou tudo o que havia visto e descoberto, e contou de forma resumida, seguindo o hábito que o chefe lhe havia imposto.

Mas quando ele mostrou o cartão de Lupin, o sr. Lenormand estremeceu.

– Lupin! – exclamou.

– Sim, Lupin. O animal voltou à tona.

– Melhor assim – disse o sr. Lenormand, após um instante de reflexão.

– Claro, melhor assim – disse Gourel, que gostava de comentar as raras palavras de um superior que teria como único defeito, em sua visão, o fato de ser muito pouco loquaz. – Melhor assim, pois o senhor finalmente terá um adversário à altura... E Lupin encontrará seu mestre... Lupin não existirá mais... Lupin.

– Procure! – interrompeu o sr. Lenormand, como um caçador dando uma ordem a seu cão.

E, de fato, foi como um bom cão, vivaz, inteligente e inquiridor, que Gourel buscou sob o olhar de seu dono. Com a ponta da bengala, o sr. Lenormand apontava para o canto, para a poltrona, como se aponta para um arbusto ou um tufo de grama com minuciosa consciência.

– Nada – concluiu o sargento.

– Nada para você – resmungou o sr. Lenormand.

– Foi o que quis dizer... eu sei que, para o senhor, existem coisas que falam como se fossem pessoas, verdadeiras testemunhas. No entanto, de fato eis aqui um crime a ser colocado na conta do sr. Lupin.

– O primeiro – observou o sr. Lenormand.

– O primeiro, de fato... Mas era inevitável. Quem leva esse tipo de vida, cedo ou tarde é levado ao crime pelas circunstâncias. O sr. Kesselbach deve ter se defendido...

– Não, pois estava amarrado.

– De fato – admitiu Gourel, desconcertado. – E é até curioso... por que matar um adversário que já não existe mais? Mas, não importa, se eu o tivesse capturado ontem, quando nos vimos cara a cara, na entrada do vestíbulo...

O sr. Lenormand saiu para a sacada. Depois visitou o quarto do sr. Kesselbach, à direita, e verificou o fechamento das janelas e das portas.

– As janelas de ambos os quartos estavam fechadas quando entrei – afirmou Gourel.

– Fechadas ou encostadas?
– Ninguém mexeu nelas. Elas estão fechadas, chefe.

Um barulho de vozes os levou até a sala, onde encontraram o médico-legista, que examinava o cadáver, e o sr. Formerie, juiz de instrução.

O sr. Formerie exclamou:

– Arsène Lupin! Estou contente, um feliz acaso me colocou frente a frente com esse bandido! O malandro vai ver do que sou feito! E dessa vez trata-se de um assassinato! Agora é entre mim e você, mestre Lupin!

O sr. Formerie não havia se esquecido da estranha aventura do diadema da princesa de Lamballe, nem da admirável maneira como Lupin o enganara alguns anos antes. O caso permanecera célebre nos anais da Justiça. Ainda riam dele, e o sr. Formerie guardava um justo sentimento de rancor e o desejo de uma revanche espetacular.

– O crime é evidente – disse ele no tom mais convicto possível –, será fácil descobrirmos a motivação. Então está tudo bem... Sr. Lenormand, como está?... Satisfação em vê-lo...

O sr. Formerie, na verdade, não estava nada satisfeito. A presença do sr. Lenormand não o agradava em nada, uma vez que o chefe da Segurança não disfarçava seu desprezo por ele. No entanto, ele se endireitou e disse em tom solene:

– Então, doutor, o senhor calcula que a morte tenha acontecido há cerca de doze horas, talvez mais?... Foi o que supus... estamos de total acordo... E quanto ao instrumento do crime?

– Uma faca de lâmina muito fina, senhor juiz de instrução – respondeu o médico. – Veja, enxugaram a lâmina com o lenço do próprio morto.

– De fato... de fato... a marca é visível... E agora vamos interrogar o secretário e o criado do sr. Kesselbach. Estou certo de que esses interrogatórios nos fornecerão alguma luz.

Chapman, que fora levado para seu quarto, à esquerda da sala, juntamente com Edwards, já havia se recuperado. Ele detalhou os acontecimentos da véspera, a inquietação do sr. Kesselbach, a visita anunciada do suposto coronel e, por fim, contou sobre a agressão da qual foram vítimas.

— Ah! — exclamou o sr. Formerie. — Então existe um cúmplice! E você ouviu seu nome... Marco, você disse? Isso é muito importante. Quando pegarmos o cúmplice, avançaremos rápido.

— Sim, mas não o pegamos — arriscou o sr. Lenormand.

— Veremos... cada coisa em seu tempo. E então, sr. Chapman, esse tal de Marco fugiu logo depois que o sr. Gourel tocou a campainha?

— Sim, nós o ouvimos indo embora.

— E depois que ele foi embora, vocês não ouviram mais nada?

— Sim... vez ou outra, mas vagamente... A porta estava fechada.

— E que tipo de barulho?

— Fragmentos de vozes. O indivíduo...

— Chame pelo seu nome, Arsène Lupin.

— Arsène Lupin deve ter telefonado.

— Perfeito! Vamos interrogar o encarregado do serviço das comunicações do hotel com o exterior. E depois, você o ouviu saindo também?

— Ele constatou que estávamos bem amarrados e, um quarto de hora depois, foi embora, fechando a porta do vestíbulo.

— Sim, assim que seu crime foi cometido. Perfeito... perfeito... tudo se encaixa... e depois?

— Depois não ouvimos mais nada... a noite passou... adormeci de tanto cansaço... Edwards também... e foi só esta manhã...

– Sim... eu sei... As coisas estão indo bem... tudo se encaixa.

E enumerando as etapas de sua investigação, como se enumerasse vitórias sobre o desconhecido, ele murmurou pensativo:

– O cúmplice... o telefone... a hora do crime... os barulhos ouvidos... Bom... muito bom... falta determinar o motivo do crime. No caso, como se trata de Lupin, a motivação é clara. Sr. Lenormand, não notou nenhum sinal de arrombamento?

– Nenhum.

– Então o roubo deve ter sido efetuado contra a própria pessoa da vítima. Encontraram sua carteira?

– Eu a deixei dentro do bolso da sobrecasaca – disse Gourel.

Eles entraram na sala, onde o sr. Formerie constatou que a carteira só continha cartões de visita e documentos de identidade.

– Que estranho. Sr. Chapman, saberia nos dizer se o sr. Kesselbach carregava consigo alguma quantia em dinheiro?

– Sim. Na véspera, ou seja, anteontem, uma segunda-feira, fomos ao Crédit Lyonnais, onde o sr. Kesselbach alugou um cofre...

– Um cofre no Crédit Lyonnais? Bem... precisamos verificar isso.

– E, antes de ir embora, o sr. Kesselbach abriu uma conta e sacou 5 ou 6 mil francos em cédulas.

– Perfeito... isso esclarece tudo.

Chapman continuou:

– Existe outra questão, senhor juiz de instrução. O sr. Kesselbach, que há alguns dias andava muito inquieto... – cuja causa eu lhes contei... um projeto de extrema importância para ele – o sr. Kesselbach parecia se apegar particularmente a duas coisas: uma caixinha de ébano, que ele guardou em segurança no Crédit Lyonnais, e um pequeno envelope de marroquim preto, onde havia guardado alguns papéis.

– E onde está esse envelope?

– Antes que Lupin chegasse, ele o guardou na minha frente dentro dessa bolsa de viagem.

O sr. Formerie pegou a bolsa e a revistou. O envelope não estava mais lá. Ele esfregou as mãos.

– Ah, tudo se encaixa. Sabemos quem é o culpado, as condições e a motivação do crime. Esse caso não vai se arrastar. Estamos de acordo a respeito de tudo, sr. Lenormand?

– A respeito de nada.

Houve um momento de espanto. O comissário de polícia havia chegado e, atrás dele, apesar dos agentes que guardavam a porta, a trupe de jornalistas e funcionários do hotel forçaram a entrada e estavam parados na antessala.

Por mais notória que fosse a aspereza do homem, aspereza que vinha acompanhada de certa grosseria e que já lhe valera certos sermões em altas instâncias, a rispidez da resposta foi desconcertante. E o sr. Formerie, em especial, pareceu confuso.

– Contudo – ele disse –, só vejo aqui algo de muito simples: Lupin é o ladrão...

– Por que ele teria matado? – lançou o sr. Lenormand.

– Para roubar.

– Perdão, o relato das testemunhas prova que o roubo aconteceu antes do assassinato. O sr. Kesselbach foi primeiro amarrado e amordaçado, e depois roubado.

Por que Lupin, que até então jamais cometera nenhum homicídio, teria matado um homem imobilizado e a quem já havia roubado?

O juiz de instrução acariciou suas longas suíças louras com um gesto que costumava fazer quando uma questão lhe parecia insolúvel. Ele respondeu em um tom pensativo:

– Existem diversas respostas para isso...

– E quais são?

– Depende... depende de uma série de elementos ainda desconhecidos... Ademais, a objeção só vale para a natureza da motivação. Quanto ao resto, estamos de acordo.

– Não.

Dessa vez, a negação foi categórica e peremptória, quase rude. Tanto que o juiz, totalmente desnorteado, não ousou nem mesmo protestar, e permaneceu estupefato diante desse estranho colaborador. Por fim, ele disse:

– Cada um com seu método. Gostaria de conhecer o seu.

– Não tenho.

O chefe da Segurança levantou-se e deu alguns passos pela sala, apoiando-se em sua bengala.

Ao seu redor, todos calados... e era bastante curioso ver esse velho homem frágil e raquítico dominar os outros pela força de uma autoridade que eles ainda não aceitavam. Após um longo silêncio, ele disse:

– Gostaria de visitar os cômodos contíguos a este apartamento.

O gerente mostrou-lhe a planta do hotel. O quarto da direita, do sr. Kesselbach, tinha como única saída o próprio vestíbulo do apartamento. Mas o quarto da esquerda, do secretário, se comunicava com outro cômodo.

– Vamos olhar – disse.

O sr. Formerie deu de ombros e resmungou.

– Mas a porta de comunicação está trancada, e a janela, fechada.

– Vamos olhar – repetiu o sr. Lenormand.

Levaram-no para dentro desse cômodo, que era o primeiro dos cinco quartos reservados para a sra. Kesselbach. Depois, a seu pedido, foi levado para os quartos seguintes. Todas as portas comunicantes estavam trancadas de ambos os lados.

– Nenhum desses quartos está ocupado? – perguntou.
– Nenhum.
– E as chaves?
– As chaves ficam na recepção.
– Então ninguém poderia ter entrado?
– Ninguém, exceto pelo funcionário do andar encarregado de arejar e espanar os quartos.
– Chame-o aqui.

O empregado, chamado Gustave Beudot, respondeu que, na véspera, seguindo orientações, ele havia fechado as janelas dos cinco quartos.

– A que horas?
– Às 6 da tarde.
– E você não notou nada?
– Não, nada.
– E esta manhã?
– Esta manhã, abri as janelas às 8 em ponto.
– E não encontrou nada?
– Não, nada... Ah! Na verdade...

Ele hesitou. Pressionado com perguntas, afinal admitiu:

– Bem, recolhi uma cigarreira perto da lareira do 420... que eu pretendia levar hoje à noite para a recepção.

– Está aí com você?
– Não, está no meu quarto. É uma cigarreira de aço escovado. De um lado, se coloca o tabaco e a seda; do outro, os fósforos. Tem duas iniciais em ouro... as letras L e M.

– Como é?

Era Chapman, que havia dado um passo à frente. Ele parecia bastante surpreso e questionou o empregado:

– Uma cigarreira de aço escovado, você disse?
– Sim.

– Com três compartimentos para o tabaco, a seda e os fósforos... tabaco russo, não? Bem fino e leve?

– Sim.

– Vá buscá-la... gostaria de ver... com meus próprios olhos...

A um gesto do chefe da Segurança, Gustave Beudot saiu.

O sr. Lenormand sentou-se e, com olhar aguçado, examinou o tapete, os móveis e as cortinas.

– Estamos no quarto 420, certo? – perguntou.

– Isso mesmo.

O juiz zombou:

– Gostaria de saber que relação você estabelece entre esse incidente e a tragédia. Cinco portas fechadas nos separam do quarto onde Kesselbach foi assassinado.

O sr. Lenormand não se dignou a responder.

O tempo passava e nada de Gustave voltar.

– Onde ele dorme? – perguntou o chefe.

– No sexto andar, do lado da rua de Judée, bem acima de nós. É curioso que ainda não tenha voltado.

– Poderia enviar alguém, por favor?

O próprio gerente foi olhar, acompanhado de Chapman. Alguns minutos depois, ele voltou sozinho, correndo, com uma expressão consternada.

– E então?

– Morto!

– Assassinado?

– Sim.

– Ah, diabos! Como são hábeis, esses infelizes! – exclamou o sr. Lenormand. – Rápido, Gourel, mande fechar as portas do hotel... Vigie as saídas... E senhor gerente, leve-nos até o quarto de Gustave Beudot.

O gerente saiu. Mas, ao deixar o quarto, o sr. Lenormand

abaixou-se e apanhou um pedacinho redondo de papel que já havia notado.

Era uma etiqueta de borda azul, com o número 813. Por via das dúvidas, ele a guardou na carteira e foi se juntar aos demais.

5

UMA PEQUENA FERIDA NAS COSTAS, ENTRE AS DUAS OMOPLATAS...
– Uma ferida idêntica à do sr. Kesselbach – declarou o médico.

– Sim – disse o sr. Lenormand –, foi a mesma mão que o golpeou, com a mesma arma.

A julgar pela posição do cadáver, o homem fora surpreendido de joelhos, em frente à sua cama, ao procurar a cigarreira que havia escondido. O braço ainda estava preso entre o colchão e o estrado da cama, mas a cigarreira não foi encontrada.

– Devia ser um objeto tremendamente comprometedor – insinuou o sr. Formerie, que não ousou emitir uma opinião precisa demais.

– Meu Deus! – exclamou o chefe da Segurança.

– Mas sabemos quais são as iniciais, um L e um M. Com isso, somado ao que o sr. Chapman parece saber, vamos descobrir facilmente as informações necessárias.

O sr. Lenormand exclamou com um sobressalto:

– E o Chapman! Onde ele está?

Olharam para o corredor, entre os grupos de pessoas que se aglomeravam. Chapman não estava lá.

– O sr. Chapman havia me acompanhado – disse o gerente.

– Sim, eu sei, mas ele não desceu de volta com o senhor.

– Não, eu o deixei perto do cadáver.

– O senhor o deixou sozinho?
– Eu disse a ele: "Fique aqui, não se mexa".
– E não havia ninguém? O senhor não viu ninguém?
– No corredor, não.
– Mas nas mansardas vizinhas... ou melhor, veja, virando ali... não havia ninguém escondido?

O sr. Lenormand parecia bastante agitado. Andava de um lado para outro, abrindo a porta dos quartos. De repente, partiu velozmente, com uma agilidade que ninguém imaginaria. Desceu correndo os seis andares, seguido de longe pelo gerente e pelo juiz de instrução. Embaixo, ele encontrou Gourel em frente à porta principal.

– Ninguém saiu?
– Ninguém.
– E na outra porta, na rua Orvieto?
– Coloquei Dieuzy de plantão.
– Com instruções categóricas?
– Sim, chefe.

O imenso saguão do hotel fervilhava com uma multidão de hóspedes inquietos, que comentavam as versões mais ou menos exatas que lhes chegavam a respeito do estranho crime. Os funcionários, convocados por telefone, chegavam um a um. O sr. Lenormand logo começou a interrogá-los, e nenhum deles foi capaz de fornecer qualquer informação que fosse. Mas uma camareira do quinto andar se apresentou. Dez minutos antes, talvez, ela havia cruzado com dois senhores que desciam pela escada de serviço do quinto para o quarto andar.

– Eles desceram muito rápido. O primeiro segurava o outro pela mão. Fiquei espantada de ver aqueles dois senhores usando a escada de serviço.

– Conseguiria reconhecê-los?

— O primeiro, não. Estava com a cabeça virada. Era magro e loiro, com um chapéu preto mole e... roupas pretas.

— E o outro?

— Ah, o outro era um inglês de rosto largo, barbeado, de roupa xadrez. Não usava chapéu.

A descrição obviamente batia com Chapman. A mulher acrescentou:

— Ele tinha um jeito... um jeito esquisito... parecia louco.

A afirmação de Gourel não bastou para o sr. Lenormand. Ele interrogou todos os mensageiros que estavam a postos nas duas portas.

— Vocês conhecem o sr. Chapman?

— Sim, senhor. Ele sempre conversava conosco.

— E vocês não o viram sair?

— Não, senhor. Ele não saiu esta manhã.

O sr. Lenormand se dirigiu ao comissário de polícia:

— Está com quantos homens, senhor comissário?

— Quatro.

— Não é o suficiente. Ligue para seu secretário e peça que envie todos os homens que estiverem disponíveis. E, por favor, organizem vocês mesmos a vigilância mais atenta possível em todas as saídas. É estado de sítio, senhor comissário...

— Mas e meus hóspedes? — protestou o gerente.

— Pouco me importam seus hóspedes, senhor. Meu dever vem antes de tudo e meu dever é prender, custe o que custar...

— Então o senhor acredita?... — arriscou o juiz de instrução.

— Acredito, não, senhor... tenho certeza de que o autor do duplo assassinato ainda se encontra dentro deste hotel.

— Mas então o Chapman...

— Neste momento, não posso garantir que Chapman ainda esteja vivo. De qualquer forma, é uma questão de minutos ou segundos... Gourel, leve dois homens para revistar todos os aposentos do quarto andar... Senhor gerente, mande um de seus funcionários acompanhá-los. Quanto aos demais andares, darei continuidade quando tiver reforços. Vamos à caça, Gourel, e fique de olhos bem abertos... A presa é das grandes.

Gourel e seus homens saíram apressados. Já o sr. Lenormand permaneceu no saguão, perto da recepção. Dessa vez ele não pensou em se sentar, como de costume. Andava da entrada principal até a entrada da rua Orvieto e voltava ao ponto de partida. De tempos em tempos, dava instruções.

– Senhor gerente, mande vigiar as cozinhas, pois podem tentar escapar por lá... Senhor gerente, peça à telefonista que não complete a ligação de ninguém do hotel que queira telefonar para fora. Se ligarem de fora, ela pode passar para a pessoa solicitada, mas que anote o nome da pessoa. Senhor gerente, mande elaborar a lista de hóspedes cujo nome comece por L ou M.

Ele dizia tudo aquilo em voz alta, como um general de exército que lança a seus subordinados ordens que determinarão o resultado da batalha.

E era realmente uma batalha implacável e terrível aquela que se dava no contexto elegante de um hotel parisiense, entre o poderoso personagem que é um chefe de Segurança e aquele misterioso indivíduo perseguido, acossado, quase preso, mas de astúcia e selvageria tão formidáveis.

A angústia cingia os espectadores, todos agrupados no centro do saguão, silenciosos e ofegantes, tremendo de medo com qualquer barulho, obcecados pela imagem infernal do assassino. Onde estaria escondido? Será que iria aparecer? Não estaria entre eles? Seria este aqui, talvez? Ou aquele outro?

A tensão era tanta que, em um surto de revolta, poderiam

ter forçado as portas e saído para as ruas, não estivesse o chefe lá com sua presença, que tinha algo de tranquilizador. As pessoas se sentiam em segurança, como passageiros de um navio conduzido por um bom capitão.

E todos os olhares se voltavam para aquele velho senhor de óculos e cabelos grisalhos, trajado de redingote verde-oliva e lenço marrom, que caminhava com as costas curvadas e as pernas bambas.

Às vezes aparecia correndo um dos mensageiros que acompanhavam a investigação do sargento, enviado por Gourel.

– Novidades? – perguntava o sr. Lenormand.

– Nada, senhor. Não encontramos nada.

Por duas vezes, o gerente tentou afrouxar as ordens. A situação era insustentável.

Na recepção, vários hóspedes protestavam, chamados por compromissos de trabalho ou viagens iminentes.

– Pouco me importa – repetia o sr. Lenormand.

– Mas eu conheço todos eles.

– Que bom para o senhor.

– O senhor está excedendo seus direitos.

– Eu sei.

– O senhor será responsabilizado.

– Estou certo disso.

– O próprio juiz de instrução...

– É bom que o sr. Formerie me deixe em paz! O melhor que ele tem a fazer é interrogar os empregados, como está fazendo agora. Quanto ao resto, não é da alçada do juiz de instrução. É da polícia, diz respeito a mim.

Nesse momento, um esquadrão de agentes invadiu o hotel. O chefe da Segurança os dividiu em vários grupos e os enviou para o terceiro andar, e depois se dirigiu ao comissário:

— Meu caro comissário, deixo em suas mãos a vigilância. Nada de fraqueza, eu lhe imploro. Assumo a responsabilidade do que vier a acontecer.

E, dirigindo-se para o elevador, deixou-se conduzir ao segundo andar.

Seria uma tarefa difícil e longa, pois precisariam abrir as portas dos sessenta quartos, inspecionar todos os banheiros, todas as alcovas, todos os armários, todos os cantos. Também foi infrutífera. Uma hora mais tarde, ao meio-dia em ponto, o sr. Lenormand havia terminado o segundo andar e os outros agentes ainda não haviam concluído os andares superiores, e nenhuma descoberta fora feita.

O sr. Lenormand hesitou: teria o assassino subido até as mansardas?

Contudo, ele decidiu descer, quando o avisaram que a sra. Kesselbach acabara de chegar com sua dama de companhia. Edwards, o velho criado de confiança, havia aceito a tarefa de lhe comunicar a morte do sr. Kesselbach.

O sr. Lenormand a encontrou em um dos salões, abatida, sem lágrimas, mas com o rosto contorcido de dor e tremores no corpo, como se tomada por febre.

Era uma mulher bastante alta, morena, cujos olhos negros, de grande beleza, carregavam pequenos pontos de ouro, como lantejoulas que brilham no escuro. Seu marido a conhecera na Holanda, onde Dolores havia nascido em uma família de origem espanhola, os Amontis. Apaixonou-se à primeira vista, e a harmonia entre eles, feita de ternura e dedicação, nunca esmoreceu.

O sr. Lenormand apresentou-se. Ela o olhou sem responder e se calou, pois não parecia conseguir entender o que ele dizia, em meio ao choque. De repente, pôs-se a chorar copiosamente e pediu que a levassem até seu marido.

No saguão, o sr. Lenormand encontrou Gourel, que estava à sua procura, e que lhe estendeu rapidamente um chapéu que segurava nas mãos.

– Chefe, peguei isto... Não há dúvidas a respeito do dono, certo?

Era um chapéu de feltro mole, preto. Do lado de dentro, não havia nem forro, nem etiqueta.

– Onde o encontrou?

– No patamar da escada de serviço, no segundo andar.

– E nos outros andares, nada?

– Nada. Vasculhamos tudo. Só falta o primeiro. E este chapéu prova que o homem desceu até ali. Estamos perto, chefe!

– Acredito que sim.

Chegando no fim da escada, o sr. Lenormand se deteve.

– Volte até o comissário e transmita a seguinte ordem: dois homens embaixo de cada uma das quatro escadas, com revólver em punho. E que eles atirem, se necessário. Entenda o seguinte, Gourel: se Chapman não for salvo e se o sujeito escapar, eu me demito. Estou há duas horas aqui sem nada concreto.

Ele subiu as escadas. No primeiro andar, encontrou dois agentes que saíam de um quarto, conduzidos por um funcionário.

O corredor estava deserto. Os funcionários do hotel não ousavam se aventurar por ali, e alguns dos moradores do hotel haviam se trancado em seus quartos, de maneira que a polícia precisou bater várias vezes e se identificar para que abrissem a porta.

Mais adiante, o sr. Lenormand viu outro grupo de agentes que olhavam o depósito e, na extremidade do longo corredor, viu ainda outros aproximando-se da fileira de quartos situados para o lado da rua de Judée.

De repente, ouviu esses homens gritando, e eles sumiram correndo. Apressou o passo.

Os agentes haviam parado no meio do corredor. Aos seus pés, bloqueando a passagem, com o rosto virado para o tapete, jazia um corpo.

O sr. Lenormand inclinou-se e segurou entre as mãos a cabeça inerte.

– Chapman... – murmurou – está morto.

Ao examiná-lo, viu que havia um lenço tricotado de seda branca amarrado em seu pescoço e o desatou. Manchas vermelhas apareceram, e ele constatou que aquele lenço segurava, contra a nuca, um grosso maço de algodão ensopado de sangue.

Mais uma vez era a mesma ferida: limpa, categórica e impiedosa.

Alertados de imediato, o sr. Formerie e o comissário acorreram.

– Ninguém saiu? – perguntou o chefe – Nenhum alerta?

– Nada – disse o comissário. – Há dois homens de guarda embaixo de cada escada.

– Talvez ele tenha subido novamente? – perguntou o sr. Formerie.

– Não!... Não!...

– Mas alguém deve tê-lo encontrado.

– Não... tudo isso aconteceu há um bom tempo, já. As mãos estão frias... O assassinato deve ter sido cometido logo após o outro... assim que os dois homens chegaram aqui pela escada de serviço.

– Mas alguém teria visto o cadáver! Pense, em duas horas devem ter passado umas cinquenta pessoas por aqui.

– O corpo não estava aqui.

– Onde estava, então?

– Como vou saber? – respondeu rispidamente o chefe da Segurança. – Faça como eu, procure! Não é com falatório que vamos encontrar.

Com uma mão nervosa, ele martelava raivosamente o castão de sua bengala, e permaneceu lá, com os olhos fixos no corpo, silencioso e pensativo. Por fim, falou:

– Senhor comissário, faça a gentileza de mandar levar a vítima para um quarto vazio. E chamem um médico. Senhor gerente, poderia abrir as portas de todos os quartos deste corredor para mim?

À esquerda, havia três quartos e duas salas que compunham um apartamento vazio, inspecionado pelo sr. Lenormand. À direita, quatro quartos. Dois estavam ocupados por um certo sr. Reverdat e um italiano, o barão Giacomici, ambos ausentes naquele momento. No terceiro quarto, encontraram uma velha senhora inglesa, que ainda dormia, e no quarto, um inglês que lia e fumava tranquilamente, inabalado pelos ruídos do corredor. Seu nome era major Parbury.

Nenhuma busca ou interrogatório levou a qualquer resultado. A velha senhora não ouvira nada antes das exclamações dos agentes, nem barulho de luta, nem grito de agonia, nem briga; o major Parbury, tampouco.

Além disso, não encontraram nenhuma pista suspeita, nenhum vestígio de sangue, nada que permitisse supor que o infeliz Chapman tivesse passado por algum desses cômodos.

– Estranho... – murmurou o juiz de instrução. – Tudo isso é realmente estranho...

E acrescentou ingenuamente:

– Eu entendo cada vez menos. Existe toda uma série de circunstâncias que me escapam em parte. O que acha, sr. Lenormand?

O sr. Lenormand estava prestes a lançar uma dessas respostas afiadas com as quais manifestava seu costumeiro mau humor, quando Gourel apareceu totalmente esbaforido.

– Chefe.. encontraram isto... lá embaixo... na recepção... em cima de uma cadeira...

Era um pacote de pequenas dimensões, embrulhado em sarja preta.

– Abriram? – perguntou o chefe.

– Sim, mas quando viram o que havia dentro, refizeram o pacote exatamente como estava... bem apertado, como pode ver.

– Abra!

Gourel abriu e encontrou uma calça e um paletó de flanela preta, que deviam ter sido embrulhados às pressas, a julgar pelas dobras do tecido. No meio havia uma toalha manchada de sangue que haviam mergulhado na água, uma provável tentativa de remover a marca das mãos. Dentro da toalha, um estilete de aço com um cabo incrustado de ouro. Estava vermelho de sangue, sangue de três homens degolados, em poucas horas, por uma mão invisível, entre a multidão de trezentas pessoas que perambularam por aquele amplo hotel.

Edwards, o criado, logo reconheceu o estilete do sr. Kesselbach. Ainda na véspera, antes da agressão de Lupin, Edwards o havia visto sobre a mesa.

– Senhor gerente – disse o chefe da Segurança –, a proibição foi suspensa. Gourel dará a ordem para que liberem as portas.

– Então acredita que Lupin tenha conseguido sair? – perguntou o sr. Formerie.

– Não. O perpetrador dos três assassinatos que acabamos de constatar está dentro do hotel, em um dos quartos, ou então misturado aos hóspedes que estão no saguão ou nas salas. Para mim, ele estava hospedado no hotel.

– Impossível! Além disso, onde teria trocado de roupa? E o que estaria vestindo agora?

– Não sei, mas reitero minha afirmativa.

– E vai deixá-lo fugir? Ele vai sair tranquilamente, com as mãos no bolso.

– Aquele dentre os hóspedes que for embora, sem bagagem, e não voltar, será o culpado. Senhor gerente, queira me acompanhar até a recepção. Gostaria de estudar de perto a lista de seus hóspedes.

Na recepção, o sr. Lenormand encontrou algumas cartas endereçadas ao sr. Kesselbach, que ele entregou ao juiz de instrução. Havia também um pacote que acabara de ser trazido pelo correio parisiense. Como o papel que o envolvia estava parcialmente rasgado, o sr. Lenormand pôde ver uma caixinha de ébano gravada com o nome de Rudolf Kesselbach. Ele a abriu e viu que, além dos estilhaços de um espelho que evidentemente havia do lado de dentro da tampa, a caixinha também continha o cartão de Arsène Lupin.

Mas um detalhe parecia chamar a atenção do chefe da Segurança. Por fora, embaixo da caixa, havia uma pequena etiqueta com a borda azul, parecida com aquela recolhida no quarto andar onde fora encontrada a cigarreira, e essa etiqueta também trazia o número 813.

O sr. Lenormand dá início às suas operações

1

– Auguste, peça para o sr. Lenormand entrar.

O contínuo saiu e alguns segundos mais tarde introduziu o chefe da Segurança. No amplo gabinete do ministério da Place Beauvau havia três pessoas: o famoso Valenglay, líder do partido radical havia trinta anos, atualmente presidente do Conselho e ministro do Interior; o sr. Testard, procurador-geral, e o comissário de polícia Delaume.

O comissário de polícia e o procurador-geral não deixaram suas cadeiras, onde se acomodaram durante a longa conversa que acabavam de ter com o presidente do Conselho, mas este se levantou e, apertando a mão do chefe da Segurança, disse-lhe em um tom muito cordial:

– Não tenho dúvidas, meu caro Lenormand, de que o senhor sabe o motivo pelo qual solicitei sua presença.

– O caso Kesselbach?

– Sim.

O caso Kesselbach! Não há quem não se recorde, não somente desse trágico caso cuja complexa meada tentei destrinçar, mas também de cada reviravolta da tragédia que fascinou a todos nós, dois anos antes da guerra. E também todos se lembram da extraordinária emoção que ele despertou dentro e fora da França. No entanto, mais ainda do que esse triplo assassinato cometido sob circunstâncias tão misteriosas, mais ainda que a detestável atrocidade dessa carnificina, mais ainda que tudo, algo que mexeu com o público foi o ressurgimento, ou pode-se dizer, a ressurreição de Arsène Lupin.

Arsène Lupin! Ninguém mais ouvira falar dele nesses quatro anos, desde sua incrível e espantosa aventura da Agulha Oca, desde o dia em que, debaixo do nariz de Herlock Sholmes e de Isidore Beautrelet, ele sumira na escuridão, carregando nas costas o corpo de sua amada, seguido por sua velha ama de leite, Victoire.

Desde aquele dia, a crença geral era de que ele estivesse morto. Era a versão da polícia, que, ao não encontrar nenhum vestígio de seu adversário, pura e simplesmente o enterrou.

Alguns, no entanto, imaginavam-no a salvo e lhe atribuíam a pacífica existência de um bom burguês com esposa e filhos, dedicado ao seu jardim; outros alegavam que, curvado pela dor e pelas vacuidades deste mundo, ele havia se enclausurado em um mosteiro trapista.

E eis que ele surgia novamente, retomando sua impiedosa luta contra a sociedade! Arsène Lupin voltava a ser Arsène Lupin, o excêntrico, o intangível, o desconcertante, o audacioso, o genial Arsène Lupin. Mas, dessa vez, um grito de horror se formou. Arsène Lupin havia matado! E a selvageria, a crueldade, o cinismo implacável do crime eram tão grandes, que a lenda do herói simpático, do aventureiro cavalheiresco e, caso necessário, sentimental, deu lugar a uma nova visão de monstro desumano, sanguinário e feroz. A multidão agora execrava e temia seu antigo ídolo com tanto mais intensidade quanto outrora o admirara por sua graça e seu bom humor.

E a indignação dessa multidão assustada se voltou contra a polícia. Antes, as pessoas riam. Perdoavam o comissário, pela maneira cômica como ele se deixava apanhar. Mas a brincadeira durou demais e, em um impulso de revolta e fúria, resolveram cobrar das autoridades os crimes inenarráveis que elas eram impotentes para prevenir.

Nos jornais, nas reuniões públicas, nas ruas e na própria tribuna da Câmara, houve tamanha explosão de ira, que o Governo se assustou e buscou por todos os meios acalmar a comoção pública.

Valenglay, presidente do Conselho, tinha interesse justamente por todas as questões policiais e costumava se divertir acompanhando de perto certos casos juntamente com o chefe da Segurança, cujas qualidades e caráter independente ele valorizava. Assim, chamou para seu gabinete o comissário e o procurador-geral, com quem conversou, e depois o sr. Lenormand.

– Sim, meu caro Lenormand, trata-se do caso Kesselbach. Mas, antes de falar a respeito, chamo sua atenção para um ponto... um ponto que preocupa em especial o senhor comissário de polícia. Sr. Delaume, poderia explicar ao sr. Lenormand...?

– Ah, o sr. Lenormand está bem a par do assunto – respondeu o comissário de polícia, em um tom que indicava pouca boa vontade para com seu subordinado. – Nós conversamos a respeito, eu lhe disse o que pensava sobre sua conduta imprópria no Palace Hotel. Posso dizer que, de maneira geral, as pessoas estão indignadas.

O sr. Lenormand levantou-se, tirou do bolso um papel e o colocou sobre a mesa.

– O que é isto? – perguntou Valenglay.

– Minha demissão, senhor presidente.

Valenglay deu um salto.

– O quê? Sua demissão? Por causa de uma observação inofensiva que o senhor comissário de polícia fez e à qual ele não atribui nenhuma importância... não é, Delaume? Nenhuma importância! E o senhor se melindra? Meu caro Lenormand, precisa admitir que tem um temperamento terrível. Vamos, guarde esse pedacinho de papel e vamos conversar a sério.

O chefe da Segurança sentou-se novamente e Valenglay, impondo silêncio ao comissário de polícia, que não escondia seu descontentamento, disse:

– Em duas palavras, Lenormand, a questão é a seguinte: o reaparecimento de Lupin nos preocupa. Durante muito tempo esse sujeito zombou de nós. Confesso que achava engraçado, e eu era o primeiro a rir. Mas agora estamos lidando com assassinatos. Podíamos tolerar o Arsène enquanto ele era divertido. Mas se ele mata, não.

– E então, senhor presidente, o que está me pedindo?

– O que estamos pedindo? Ah, é bem simples. Primeiro, sua prisão... em seguida, sua cabeça.

– Sua prisão, posso prometê-la em algum momento. Sua cabeça, não.

– Como assim? Se ele for preso, será julgado e inevitavelmente condenado... depois disso, é a forca.

– Não.

– E por que não?

– Porque Lupin não cometeu nenhum assassinato.

– Quê? Mas você está louco, Lenormand? E os cadáveres do Palace Hotel, foram uma invenção, talvez? Não houve nenhum triplo assassinato?

– Sim, mas não foi Lupin que os cometeu.

O chefe articulou essas palavras muito calmamente, com tranquilidade e convicção impressionantes.

O procurador e o comissário de polícia protestaram. Mas Valenglay disse:

– Eu suponho, Lenormand, que você tenha razões sérias para propor essa teoria.
– Não é uma teoria.
– E qual a prova?
– Existem duas, para começar. Duas provas de natureza moral, que expus de imediato ao senhor juiz de instrução e que os próprios jornais destacaram. Primeiro de tudo, Lupin não mata. Segundo, por que ele mataria se o intuito de sua expedição, o roubo, já havia sido atingido, e ele não tinha por que temer um adversário amarrado e amordaçado?
– Certo. Mas e os fatos?
– Os fatos não têm valor nenhum perante a razão e a lógica. Ademais, os fatos também estão a meu favor. Qual seria o significado da presença de Lupin no quarto em que foi encontrada a cigarreira? Por outro lado, as roupas pretas que foram encontradas, e que evidentemente pertenciam ao assassino, não serviriam de forma alguma em Arsène Lupin.
– Então o senhor o conhece?
– Eu, não. Mas Edwards o viu, Gourel o viu, e quem eles viram não foi o mesmo que a camareira viu na escada de serviço, levando Chapman pela mão.
– E qual a sua teoria?
– O senhor presidente quer dizer "a verdade"? É esta, ou pelo menos o que sei da verdade. Na terça-feira, 16 de abril, um indivíduo... Lupin... invadiu o quarto do sr. Kesselbach, por volta das 2 horas da tarde...

Lenormand foi interrompido por uma gargalhada. Era o comissário de polícia.

– Permita-me dizer, sr. Lenormand, que está se precipitando em suas determinações. Já foi provado que, às 3 horas daquele dia, o sr. Kesselbach entrou no Crédit Lyonnais e desceu até a sala dos cofres. Prova disso é sua assinatura no registro.

O sr. Lenormand esperou respeitosamente que seu superior tivesse terminado de falar. Depois, sem nem mesmo se dar ao trabalho de responder diretamente ao ataque, ele continuou:

– Por volta das 2 horas da tarde, Lupin, com a ajuda de um cúmplice, um homem chamado Marco, amarrou o sr. Kesselbach, roubou todo o dinheiro que ele tinha consigo e o obrigou a revelar a senha de seu cofre no Crédit Lyonnais. Assim que o segredo foi revelado, Marco foi embora. Ele foi encontrar um segundo cúmplice, que, aproveitando-se de certa semelhança com o sr. Kesselbach – semelhança, aliás, que ele acentuou naquele dia ao usar roupas parecidas com as do sr. Kesselbach e óculos de aro de ouro – entrou no Crédit Lyonnais e imitou a assinatura do sr. Kesselbach, esvaziou o cofre e voltou, acompanhado de Marco. Este imediatamente ligou para Lupin. Lupin, ao ter certeza de que Kesselbach não o havia enganado, e que atingira o objetivo de sua expedição, foi embora.

Valenglay parecia hesitar.

– Sim... sim... admito. Mas o que me espanta é que um homem como Lupin tenha arriscado tanto por um lucro tão irrisório... algumas cédulas e o conteúdo, ainda hipotético, de um cofre.

– Lupin desejava algo mais. Ele queria ou o envelope de marroquim, que se encontrava na bolsa de viagem, ou a caixinha de ébano, que se encontrava no cofre. Ele obteve essa caixinha, pois a devolveu vazia. Portanto, hoje ele sabe ou está prestes a saber qual é o famoso projeto do sr. Kesselbach, que ele discutia com seu secretário antes de morrer.

– E que projeto é esse?

– Não sei. O diretor da agência, Barbareux, com quem ele se abriu, me disse que o sr. Kesselbach procurava um indivíduo, um desclassificado, aparentemente, chamado Pierre

Leduc. Qual o motivo dessa busca, e qual a ligação com seu projeto? Não sei dizer.

– Certo – concluiu Valenglay. – Foi essa a participação de Arsène Lupin. O sr. Kesselbach foi amarrado, roubado... mas estava vivo! O que aconteceu até o momento em que foi encontrado morto?

– Nada, durante horas; nada, até à noite. Mas, durante a noite, alguém entrou.

– Por onde?

– Pelo quarto 420, um dos quartos reservados pelo sr. Kesselbach. O sujeito evidentemente possuía uma cópia da chave.

– Mas – exclamou o comissário de polícia – entre esse quarto e o apartamento, todas as portas estavam trancadas, e eram cinco delas!

– Restava a sacada.

– A sacada!

– Sim, ela percorre o andar inteiro, para o lado da rua de Judée.

– E os espaços entre os quartos?

– Um homem ágil consegue pular. O nosso fez isso. Encontrei vestígios.

– Mas todas as janelas do apartamento estavam fechadas, e após o crime constatamos que ainda estavam.

– Exceto por uma, a do secretário Chapman, que só estava encostada. Eu mesmo verifiquei.

Dessa vez, o presidente do Conselho pareceu um pouco abalado, de tão lógica, rigorosa e baseada em fatos sólidos era a versão do sr. Lenormand.

Ele perguntou com crescente interesse:

– Mas e esse homem, veio com que objetivo?

– Não sei.

– Ah, o senhor não sabe...

– Assim como não sei seu nome.
– Mas por que razão ele teria cometido o assassinato?
– Não sei. O máximo que podemos supor é que ele não veio com a intenção de matar, mas sim com a intenção de também pegar os documentos contidos no envelope de marroquim e na caixinha, e que, colocado por acaso diante de um inimigo imobilizado, ele o matou.

Valenglay murmurou:
– Sim, pode ser... sim, em último caso... E o senhor acha que ele encontrou os documentos?
– Ele não encontrou a caixinha, pois ela não estava lá, mas encontrou, no fundo da bolsa de viagem, o envelope de marroquim preto. De modo que Lupin e o outro estão no mesmo ponto: ambos sabem o mesmo a respeito do projeto de Kesselbach.
– Ou seja – observou o presidente –, eles vão brigar.
– Justamente. E a briga já começou. O assassino, ao encontrar um cartão de Arsène Lupin, o pregou no cadáver. Dessa forma, tudo apontaria para Arsène Lupin... e, assim, Arsène Lupin seria acusado do assassinato.
– De fato... de fato... – declarou Valenglay – um cálculo preciso.
– E o estratagema teria dado certo – continuou o sr. Lenormand – se, devido a um outro acaso, também desfavorável, o assassino não tivesse perdido, ao entrar ou sair, sua cigarreira no quarto 420, e se o funcionário do hotel, Gustave Beudot, não a tivesse recolhido. A partir daquele momento, ao saber que fora descoberto ou estava prestes a ser...
– Como ele saberia?
– Como? Ora, pelo próprio juiz de instrução Formerie. A investigação se deu a portas abertas! É certo que o assassino estava escondido entre os presentes, funcionários do hotel e jornalistas, quando o juiz de instrução enviou Gustave Beudot

para a mansarda buscar a cigarreira. Beudot subiu. O indivíduo o seguiu e atacou. Segunda vítima.

Ninguém mais protestava. A tragédia estava sendo reconstituída, com realismo e provável precisão surpreendentes.

– E a terceira vítima? – perguntou Valenglay.

– Essa se ofereceu sozinha ao ataque. Ao ver que Beudot não voltava, Chapman, curioso para examinar ele mesmo a cigarreira, subiu com o gerente do hotel. Foi surpreendido pelo assassino, que o arrastou para um dos quartos e o assassinou.

– Mas por que ele se deixou levar assim por um homem que ele sabia ser o assassino do sr. Kesselbach e de Gustave Beudot?

– Não sei, assim como não sei em qual quarto o crime foi cometido, assim como não sei a forma realmente miraculosa como o criminoso escapou.

– Alguém não falou – perguntou o sr. Valenglay – de duas etiquetas azuis?

– Sim. Uma foi encontrada na caixinha devolvida por Lupin; a outra foi encontrada por mim e provavelmente veio do envelope em marroquim roubado pelo assassino.

– E então?

– E então? Para mim, elas não significam nada. O que significa algo para mim é esse número 813, que o sr. Kesselbach escreveu em cada uma delas. Reconheceram sua letra.

– E o que seria o número 813?

– Um mistério.

– E então?

– Então, devo lhe responder mais uma vez que não sei.

– O senhor não tem nenhuma suspeita?

– Nenhuma. Dois dos meus homens estão ocupando um dos quartos do Palace Hotel, no mesmo andar em que o corpo de Chapman foi encontrado. Todas as pessoas do hotel estão sendo vigiadas por eles. O culpado não está entre aqueles que foram embora.

— Ninguém telefonou durante os assassinatos?

— Sim. Veio uma chamada de fora para o major Parbury, uma das quatro pessoas que ocupavam o corredor do primeiro andar.

— E esse major?

— Meus homens estão vigiando. Até o momento, não observaram nada contra ele.

— E em que direção o senhor vai procurar?

— Ah, uma direção muito específica. Para mim, o assassino está entre os amigos ou conhecidos da família Kesselbach. Ele os monitorava, conhecia seus hábitos e a razão pela qual o sr. Kesselbach estava em Paris, e ao menos suspeitava da importância de suas intenções.

— Não seria então um criminoso profissional?

— Não, não! De jeito nenhum. O crime foi executado com habilidade e audácia extraordinárias, mas foi provocado pelas circunstâncias. Repito, é no círculo do sr. e da sra. Kesselbach que devemos procurar. E a prova disso é que o assassino do sr. Kesselbach só matou Gustave Beudot porque o rapaz estava com a cigarreira, e Chapman porque o secretário sabia de sua existência. Lembra-se de como Chapman ficou agitado só de ouvir a descrição da cigarreira? Ele intuiu a tragédia. Se ele visse a cigarreira, teríamos a informação. O desconhecido não teve dúvidas, deu um fim em Chapman. E não sabemos nada além das iniciais L e M.

Pensou por um momento e disse:

— Há mais uma prova que responde a uma de suas perguntas, senhor presidente. Acredita que Chapman teria seguido esse homem pelos corredores e escadarias do hotel, se ele já não o conhecesse?

Os fatos se acumulavam. A verdade, ou ao menos a provável verdade, ganhava força. Vários dos pontos, talvez os mais interessantes, permaneciam obscuros. Mas quantos esclarecimentos! Apesar da lacuna nos motivos que os haviam inspirado, era possível perceber claramente a série de atos realizados naquela trágica manhã!

    Houve um silêncio. Todos pensavam, buscando argumentos ou objeções. Por fim, Valenglay exclamou:

    – Meu caro Lenormand, tudo isso é perfeito... O senhor me convenceu... Mas, no fundo, não avançamos nada.

    – Como assim?

    – É isso. O intuito de nossa reunião não é esclarecer uma parte do enigma, que algum dia o senhor certamente decifrará por inteiro, mas sim dar uma satisfação ao público da forma mais ampla possível. Não interessa se o assassino é Lupin ou não, se há dois culpados, ou ainda três, ou um único, nada disso nos dá nem o nome do criminoso, nem sua prisão. E o público continua tendo essa impressão desastrosa de que a Justiça é impotente.

    – O que posso fazer?

    – Justamente, dar ao público a satisfação que ele exige.

    – Mas parece-me que essas explicações já bastariam...

    – Palavras! O público quer ações. Uma única coisa o contentaria: uma prisão.

    – Diabos, mas não podemos prender o primeiro que aparece.

    – Seria melhor do que não prender ninguém... – riu Valenglay. – Procure direito. Tem certeza a respeito de Edwards, criado de Kesselbach?

    – Tenho. E, não, senhor presidente, seria perigoso e ridículo... tenho certeza de que o próprio senhor procurador-geral...

    Existem somente dois indivíduos que temos o direito de prender... o assassino... que não sei quem é... e Arsène Lupin.

    – E então?

– Não se prende Arsène Lupin. Ou pelo menos isso leva tempo, é preciso um conjunto de medidas... que ainda não tive a ocasião de planejar, já que eu acreditava que Lupin estivesse comportado... ou morto.

Valenglay batia o pé com a impaciência de um homem que quer ter seus desejos atendidos na hora.

– No entanto... no entanto... meu caro Lenormand, algo deve ser feito... mesmo pelo seu próprio bem. O senhor sabe que tem inimigos poderosos... e que se eu não estivesse aqui... Enfim, Lenormand, é inadmissível que o senhor se esquive dessa forma... E os cúmplices, o que vai fazer com eles? Não é somente Lupin... há o Marco... e também o canalha que se passou por Kesselbach para descer até o subsolo do Crédit Lyonnais.

– Ficaria satisfeito com esse, senhor presidente?

– Se ficaria satisfeito! Meu Deus, e como.

– Certo, dê-me oito dias.

– Oito dias! Mas não é uma questão de dias, meu caro Lenormand, é simplesmente uma questão de horas!

– Quantas me dá, senhor presidente?

Valenglay pegou seu relógio e brincou:

– Eu lhe dou dez minutos, meu caro Lenormand.

O chefe da Segurança pegou o seu e disse pausadamente, enfatizando cada sílaba:

– São quatro minutos a mais do que preciso, senhor presidente.

2

Valenglay o olhava, estupefato.

– Quatro a mais? Como assim?

– Quero dizer, senhor presidente, que os dez minutos que o senhor me dá são desnecessários. Preciso de seis, nem um a mais.

– Ah! Mas, Lenormand... talvez não seja de bom gosto brincar assim...

O chefe da Segurança aproximou-se da janela e fez um sinal para dois homens que caminhavam e conversavam tranquilamente no pátio do ministério. Depois voltou para onde estava.

– Senhor procurador-geral, faça a gentileza de assinar um mandado de prisão em nome de Auguste-Maximin-Philippe Daileron, de 47 anos de idade. Deixe a profissão em branco.

Ele abriu a porta da entrada.

– Pode vir, Gourel... você também, Dieuzy.

Gourel apresentou-se, acompanhado do inspetor Dieuzy.

– Está com as algemas, Gourel?

– Sim, chefe.

O sr. Lenormand andou em direção a Valenglay.

– Senhor presidente, está tudo pronto. Mas suplico com a maior urgência que se abstenha dessa prisão. Ela atrapalharia todos os meus planos e, por uma satisfação mínima, pode pôr tudo a perder.

– Sr. Lenormand, devo lembrar que o senhor só tem mais oitenta segundos.

O chefe reprimiu um gesto de irritação, percorreu o cômodo de um lado a outro, apoiando-se em sua bengala, sentou-se furioso, como se decidisse não falar. Depois, de repente se posicionou:

– Senhor presidente, a primeira pessoa que entrar neste escritório será aquela cuja prisão o senhor pediu... contra minha vontade, faço questão de assinalar.

– Só mais quinze segundos, Lenormand.

– Gourel... Dieuzy... a primeira pessoa, certo? Senhor procurador-geral, assinou?

– Só dez segundos, Lenormand.
– Senhor presidente, poderia tocar a campainha?
Valenglay tocou.
O contínuo se apresentou à porta e esperou.
Valenglay se voltou para o chefe.
– Bem, Lenormand, ele está aguardando suas ordens... Quem ele deve anunciar?
– Ninguém.
– Mas e o canalha cuja prisão você nos prometeu? Os seis minutos já se passaram faz tempo.
– Sim, mas o canalha está aqui.
– Como é? Não estou entendendo, não entrou ninguém.
– Entrou, sim.
– Ah, claro!... Pare com isso... Lenormand, está zombando de mim... Repito que ninguém entrou aqui.
– Éramos quatro neste escritório, senhor presidente, e agora estamos em cinco. Logo, alguém entrou aqui.
Valenglay deu um salto.
– Hein? Isso é loucura!... o que está dizendo?...
Os dois agentes haviam passado por entre a porta e o contínuo. O sr. Lenormand aproximou-se deste, colocou a mão sobre seu ombro e em voz alta disse:
– Em nome da lei, Auguste Maximin-Philippe Daileron, chefe dos contínuos na Presidência do Conselho, você está preso.
Valenglay soltou uma gargalhada:
– Ah! Essa é boa... Essa é boa... Esse Lenormand é um piadista! Parabéns, Lenormand, fazia tempo que eu não ria assim...
O sr. Lenormand virou-se para o procurador-geral:
– Senhor procurador-geral, não se esqueça de colocar no mandado a profissão do sr. Daileron, está bem? Chefe dos contínuos na Presidência do Conselho...

– Ah, sim!... Chefe dos contínuos na Presidência do Conselho... – gaguejou Valenglay, rindo. – Ah, esse Lenormand tem ideias geniais... O público clamava por uma prisão... Pronto, e com quem ele me aparece? O chefe dos meus contínuos... Auguste... funcionário modelo... Muito bem! É verdade, Lenormand, eu sabia que você tinha um tanto de imaginação, mas não a esse ponto, meu caro! Que audácia!

Desde o início da cena, Auguste não havia mexido um dedo e parecia não estar entendendo nada do que se passava ao seu redor. Seu semblante de leal e fiel subalterno parecia absolutamente estupefato. Ele olhava seus interlocutores um a um, com um esforço visível para captar o sentido de suas palavras.

O sr. Lenormand disse algumas palavras a Gourel, que saiu. Depois, dirigindo-se a Auguste, disse claramente:

– Desista, você foi pego. O melhor a fazer é entregar seu jogo, já que a partida está perdida. O que fez na terça-feira?

– Eu? Nada. Estava aqui.

– Está mentindo. Era seu dia de folga. Você saiu.

– De fato... estou me lembrando... um amigo do interior veio... fomos passear no Bois.

– O amigo se chamava Marco. E vocês andaram pelo porão do Crédit Lyonnais.

– Eu? Que ideia! Marco? Não conheço ninguém com esse nome.

– E isto, você conhece? – exclamou o chefe, esfregando em sua cara um par de óculos de aros dourados.

– Não... de jeito nenhum... nem uso óculos...

– Usa sim, quando vai ao Crédit Lyonnais e se faz passar pelo sr. Kesselbach. Estes vieram do seu quarto, que você ocupa usando o nome de sr. Jérôme, no número 5 da rua du Colisée.

– Eu, um quarto? Mas eu durmo no ministério.

– Mas você troca de roupa lá, para representar seu papel no bando de Lupin.

O outro passou a mão pela testa, coberta de suor. Estava lívido e balbuciou:

– Não entendo... o senhor diz coisas... coisas...

– Precisa de uma que entenda melhor?

Tome, veja só o que encontramos entre os papeizinhos que você jogou no cesto, embaixo de sua escrivaninha na antessala, aqui mesmo.

E o sr. Lenormand abriu uma folha de papel com timbre do ministério, onde se liam em diversos pontos, escritos com uma letra hesitante, as palavras:

Rudolph Kesselbach.

– Bem, o que me diz disso, bravo funcionário? Treinos para falsificar a assinatura do sr. Kesselbach, não seria uma prova?

Um murro no meio do peito desarmou o sr. Lenormand. Com um salto, Auguste correu para a janela aberta, venceu o peitoril e pulou para o pátio.

– Raios!... – exclamou Valenglay. – Ah, seu bandido!

Ele tocou a campainha, correu, quis gritar pela janela.

O sr. Lenormand disse-lhe com a maior tranquilidade:

– Não se altere, senhor presidente...

– Mas o canalha desse Auguste...

– Um segundo, por favor... eu havia previsto esse desfecho... até o esperava... é a melhor confissão possível.

Dominado diante de tanto sangue frio, Valenglay voltou ao seu lugar. Um momento depois, Gourel entrou segurando pelo colarinho o sr. Auguste-Maximin-Philippe Daileron, conhecido como Jérôme, chefe dos contínuos na Presidência do Conselho.

– Traga-o, Gourel! – disse o sr. Lenormand, como se diria a um bom cão de caça que volta com uma presa na boca. – Ele resistiu?

– Mordeu um pouco, mas segurei firme – respondeu o sargento, mostrando a mão enorme e nodosa.

– Muito bem, Gourel. Agora, leve esse sujeito para a detenção, em um fiacre. Passe bem, sr. Jérôme.

Valenglay estava se divertindo muito. Ele esfregava as mãos e ria. A ideia de que o chefe de seus contínuos fosse um dos cúmplices de Lupin lhe parecia a mais adorável e a mais irônica das aventuras.

– Bravo, meu caro Lenormand, tudo isso é admirável, mas como, diabos, você descobriu?

– Ah, da maneira mais simples possível. Eu sabia que o sr. Kesselbach havia procurado a agência Barbareux, e que Lupin havia aparecido em sua casa se dizendo parte dessa agência. Fui investigar nessa direção e descobri que a indiscrição cometida em prejuízo do sr. Kesselbach e de Barbareux só poderia ter beneficiado uma pessoa, chamada Jérôme, amigo de um funcionário da agência. Se o senhor não tivesse me mandado apressar as coisas, eu teria vigiado o contínuo e chegado ao Marco e depois a Lupin.

– Você conseguirá, Lenormand. E vamos assistir ao espetáculo mais empolgante do mundo, a briga entre Lupin e você. Aposto em você.

Na manhã seguinte, os jornais publicaram a seguinte carta:

Carta aberta ao sr. Lenormand, chefe da Segurança

Meus parabéns, caro senhor e amigo, pela prisão do contínuo Jérôme. Foi um bom trabalho, bem feito e digno do senhor.

Parabéns igualmente pela maneira engenhosa como provou ao presidente do Conselho que eu não era o assassino do sr. Kesselbach. Sua demonstração foi clara, lógica, irrefutável e, sobretudo, verí-

dica. Como sabe, eu não mato pessoas. Obrigado por demonstrar isso nessa ocasião. A estima de meus contemporâneos e a sua, caro senhor e amigo, são indispensáveis para mim.

Em troca, permita-me assisti-lo em sua procura pelo monstruoso assassino e dar-lhe uma mãozinha no caso Kesselbach. Acredite, é um caso muito interessante, tão interessante e tão digno de minha atenção, que deixarei meu retiro em que vivo há quatro anos, entre meus livros e meu bom cão Sherlock, e convocarei todos os meus camaradas para entrar nessa briga.

Que reviravoltas inesperadas a vida nos traz! Cá estou como seu colaborador. Tenha a certeza, caro senhor e amigo, de que me felicito por tanto, e aprecio a seu justo preço este favor do destino.

Assinado: Arsène Lupin.

P.S: Mais uma palavrinha, que o senhor certamente aprovará. Como é indecente que um cavalheiro que teve o glorioso privilégio de combater ao meu lado apodreça sob a palha úmida de suas prisões, sinto que seja meu leal dever alertá-lo que, daqui a cinco semanas, na sexta-feira, 31 de maio, colocarei em liberdade o sr. Jérôme, promovido por mim ao posto de chefe dos *contínuos* da Presidência do Conselho. Não se esqueça da data: sexta-feira, 31 de maio. – A.L.

O príncipe Sernine em ação

1

U<small>M APARTAMENTO TÉRREO, NA ESQUINA DO BULEVAR</small> Haussmann com a rua de Courcelles... É ali que mora o príncipe Sernine, um dos membros mais brilhantes da colônia russa em Paris, e cujo nome reaparece constantemente na coluna de viagens dos jornais.

Onze horas da manhã. O príncipe entra em seu gabinete. É um homem entre 35 e 38 anos de idade, cabelos castanhos mesclados a alguns fios prateados. Tem uma tez saudável, bigodes cheios e costeletas bem rentes, quase imperceptíveis sobre a pele jovial das faces.

Ele está elegantemente vestido com um redingote cinza justo na cintura e um colete de coutil branco.

– Vamos lá – disse ele em voz baixa. – Acredito que o dia será duro.

Abriu uma porta que dava para um grande cômodo, onde algumas pessoas esperavam, e disse:

– Varnier está aí? Entre, Varnier.

Um homem, com ar de pequeno burguês, atarracado, sólido, postura ereta, atendeu a seu chamado. O príncipe fechou a porta atrás de si.

– Bem, em que pé estamos, Varnier?

– Está tudo pronto para esta noite, patrão.

– Perfeito. Conte para mim, em poucas palavras.

– É o seguinte. Desde que seu marido foi assassinado, a sra. Kesselbach, com base no prospecto que o senhor mandou que lhe enviassem, escolheu como moradia a casa de repouso para senhoras, situada em Garches. Ela ocupa, no fundo do jardim, a última das quatro casas alugadas pela gerência às damas que desejam viver totalmente isoladas dos demais moradores, o Pavilhão da Imperatriz.

– O que ela tem como empregados?

– Sua dama de companhia, Gertrude, com quem chegou algumas horas após o crime, e a irmã de Gertrude, Suzanne, que ela mandou vir de Monte Carlo, e que lhe serve como camareira. As duas irmãs são totalmente dedicadas a ela.

– E Edwards, o criado?

– Ela não o manteve. Ele voltou para seu país.

– E ela recebe visitas?

– Não, ninguém. Passa o tempo deitada em um divã. Ela parece muito fraca e doente. Chora muito. Ontem, o juiz de instrução ficou com ela por duas horas.

– Certo. E quanto à jovem?

– A srta. Geneviève Ernemont mora do outro lado da estrada, em uma ruela que corre para o campo, na terceira casa à direita. Ela tem uma escola livre e gratuita para crianças especiais. Sua avó, a sra. Ernemont, mora com ela.

– De acordo com o que você me escreveu, Geneviève Ernemont e a sra. Kesselbach se conheceram?

– Sim. A jovem foi pedir à sra. Kesselbach subsídios para sua escola. Devem ter se dado bem, pois há quatro dias que elas passeiam juntas pelo parque de Villeneuve, do qual faz parte o jardim da casa de repouso.

– A que horas elas costumam sair?

— Das 5 às 6. Às 6 em ponto, a jovem volta para sua escola.
— Então, você organizou aquilo?
— Para as 6 horas de hoje. Está tudo pronto.
— Não haverá ninguém?
— Nunca tem ninguém no parque a essa hora.
— Está bem. Estarei lá. Pode ir.

Ele o acompanhou até a porta do vestíbulo e, voltando à sala de espera, chamou:

— Irmãos Doudeville.

Dois jovens entraram, vestidos com uma elegância um pouco afetada demais, olhos vivos e um ar simpático.

— Bom dia, Jean. Bom dia, Jacques. Novidades na delegacia?
— Nada demais, chefe.
— O sr. Lenormand ainda tem confiança em vocês?
— Tem. Depois de Gourel, somos seus inspetores favoritos. Prova disso é o fato de ele ter nos colocado no Palace Hotel para vigiar as pessoas que moravam no corredor do primeiro andar, no momento do assassinato de Chapman. Todas as manhãs, Gourel vem, e fazemos a ele o mesmo relatório que fazemos ao senhor.
— Perfeito. É essencial que eu esteja a par de tudo o que se faz e se diz na delegacia de polícia. Enquanto Lenormand confiar em seus homens, terei controle da situação. E vocês descobriram qualquer pista no hotel?

Jean Doudeville, o mais velho, respondeu:

— A inglesa que ocupava um dos quartos foi embora.
— Essa não me interessa, tenho informações a seu respeito. Mas e seu vizinho, o major Parbury?

Eles pareceram constrangidos. Por fim, um deles respondeu:

— Esta manhã, o major Parbury ordenou que transportassem suas bagagens até a Gare du Nord, para o trem do meio-

-dia e cinquenta, e ele partiu em seu carro. Nós estávamos lá na hora em que o trem partiu. O major não apareceu.

– E as bagagens?

– Mandou buscá-las na estação.

– Por quem?

– Por um mensageiro, disseram.

– De modo que perdemos sua pista?

– Sim.

– Finalmente! – exclamou o príncipe, satisfeito.

Os dois o olharam, espantados.

– Sim, oras... – ele disse. – Essa é uma pista!

– Acha mesmo?

– Evidentemente. O assassinato de Chapman só pode ter sido cometido em um dos quartos desse corredor. Foi para lá, na casa de um cúmplice, que o assassino do sr. Kesselbach conduziu o secretário, foi lá que ele o matou, foi lá que ele trocou de roupa, e foi o cúmplice que, após a partida do assassino, colocou o corpo no corredor. Mas quem é o cúmplice? A maneira como o major Parbury desapareceu seria uma prova de que ele sabe de algo. Rápido, telefone e conte a boa notícia ao sr. Lenormand ou a Gourel. A delegacia deve ser informada o mais rápido possível. Esses senhores e eu caminhamos de mãos dadas.

Fez a eles mais algumas recomendações, a respeito de seu duplo papel de inspetores de polícia a serviço do príncipe Sernine, e os dispensou.

Na sala de espera, restavam dois visitantes. Fez menção para que um deles entrasse:

– Mil perdões, doutor – ele disse. – Sou todo seu. Como está Pierre Leduc?

– Morto.

– Ah! – exclamou Sernine. – Eu esperava por isso desde o que você falou esta manhã. Mesmo assim, o pobre rapaz não durou muito...
– Ele estava esgotado. Uma síncope, e foi seu fim.
– Ele não falou?
– Não.
– Tem certeza de que, desde o dia em que o pegamos debaixo da mesa de um café em Belleville, ninguém em sua clínica suspeitou que era ele, Pierre Leduc, que a polícia procurava, esse misterioso Pierre Leduc que Kesselbach queria encontrar a qualquer preço?
– Ninguém. Ele ocupava um quarto sozinho. Ademais, enfaixei sua mão esquerda de forma a esconder o ferimento do dedo mínimo. Quanto à cicatriz do rosto, ela ficava oculta pela barba.
– E você mesmo o vigiou?
– Eu mesmo. Seguindo suas instruções, aproveitei todos os momentos em que ele parecia mais lúcido para interrogá-lo. Mas não obtive nada além de balbucios indistintos.
O príncipe murmurou pensativamente:
– Morto... Pierre Leduc está morto... Todo o caso Kesselbach evidentemente dependia dele, e agora... agora ele desaparece... sem nenhuma revelação, sem uma única palavra sobre ele, seu passado... Devo mesmo embarcar nessa aventura, sobre a qual ainda não entendo nada? É perigoso... posso me perder.
Ele refletiu por um momento e exclamou:
– Ah, que seja! Continuarei assim mesmo. O fato de Pierre Leduc estar morto não é razão para eu abandonar a partida. Pelo contrário! E a ocasião é tentadora demais. Pierre Leduc está morto. Viva Pierre Leduc! Vá para casa, doutor. Eu lhe telefono esta noite.
O doutor saiu.

– Agora somos nós dois, Philippe – disse Sernine ao último visitante, um homem baixo de cabelos grisalhos, vestido como mensageiro de hotel, ainda que um hotel de décima categoria.

– Patrão – disse Phillipe –, devo lhe lembrar que na semana passada o senhor me fez entrar como criado no hotel dos Dois Imperadores, em Versalhes, para vigiar um rapaz?

– Sim, eu sei... Gérard Baupré. Como ele está?

– No limite.

– Ainda com pensamentos sombrios?

– Ainda. Ele quer se matar.

– É sério?

– Muito sério. Encontrei este bilhete escrito a lápis no meio de seus papéis.

– Ah! – disse Sernine, ao ler o bilhete. – Ele anuncia sua morte... para esta noite!

– Sim, patrão. A corda foi comprada, e o gancho foi preso no teto. Então, seguindo suas ordens, falei com ele. Ele me contou de suas angústias, e o aconselhei a falar com o senhor. "O príncipe Sernine é rico", eu disse, "ele é generoso, talvez ajude você".

– Tudo isso é perfeito. Então ele vem?

– Ele está aqui.

– Como você sabe?

– Eu o segui. Ele pegou o trem para Paris, e agora está caminhando pelo bulevar. Tomará a decisão a qualquer momento.

Nesse instante, um criado trouxe um cartão.

O príncipe leu e disse:

– Mande o sr. Gérard Baupré entrar.

E, dirigindo-se a Philippe:

– Entre neste lavatório, escute e não se mexa.

Uma vez sozinho, o príncipe murmurou:

– Como poderia hesitar? Foi o destino que o enviou...

Alguns minutos depois, entrou um jovem alto, louro, magro, de rosto emaciado e olhar febril, que se postou à porta constrangido, hesitante, com a atitude de um mendigo que gostaria de estender a mão mas não tem coragem.

A conversa foi breve.

– É o sr. Gérard Baupré?

– Sim... sim... sou eu.

– Não tive a honra...

– É o seguinte... senhor... disseram-me...

– Quem disse?

– Um mensageiro do hotel... que disse ter trabalhado em sua casa...

– E...? Fale logo.

– Bem...

O jovem parou, intimidado e assustado com a atitude arrogante do príncipe. Este exclamou:

– Enquanto isso, senhor, talvez fosse necessário...

– Bem, senhor... disseram-me que o senhor era muito rico e generoso... e pensei que talvez o senhor...

Ele interrompeu a frase no meio, incapaz de pronunciar a palavra de súplica e humilhação.

Sernine aproximou-se dele.

– Sr. Gérard Baupré, por acaso publicou um livro de poesia intitulado *O Sorriso da Primavera*?

– Sim, sim! – exclamou o jovem, cujo rosto se iluminou. – O senhor leu?

– Sim... muito bonitos, seus poemas... muito bonitos. Mas o senhor pretende viver com o que eles lhe renderem?

– Certamente... algum dia...

– Algum dia? Melhor que seja logo, não? E, enquanto isso, veio me pedir ajuda para viver?

– O suficiente para comer, senhor.

Sernine colocou a mão sobre seu ombro e disse, friamente:

– Os poetas não comem, senhor. Eles se alimentam de rimas e sonhos. Faça isso. É melhor do que mendigar.

O jovem estremeceu com o insulto. Sem mais uma palavra, ele dirigiu-se bruscamente para a porta.

Sernine o deteve.

– Mais uma coisa. O senhor não tem nenhum recurso mesmo?

– Nenhum.

– E não está contando com nada?

– Ainda tenho uma esperança... escrevi a um parente, suplicando para que me enviasse alguma coisa. Terei sua resposta hoje. É minha última esperança.

– E se não tiver resposta, talvez tenha decidido, esta noite, a...

– Sim, senhor.

Isso foi dito de forma simples e clara.

Sernine soltou uma gargalhada.

– Meu Deus! O senhor é uma comédia, meu bravo rapaz! E que convicção ingênua! Volte a me procurar no ano que vem, está bem? Falaremos novamente de tudo isso. É tão curioso, tão interessante... e sobretudo tão engraçado... hahaha!

E, gargalhando, com gestos afetados, ele o acompanhou até a porta.

– Philippe – ele disse, abrindo a porta para o mensageiro –, você ouviu?

– Sim, patrão.

– Gérard Baupré está aguardando um telegrama para esta tarde, uma promessa de ajuda...

– Sim, sua última esperança.

– Ele não pode receber esse telegrama. Se chegar, intercepte-o e rasgue.

– Está bem, patrão.
– Você está sozinho no hotel?
– Sim, sozinho com a cozinheira, que não dorme lá. O patrão não está.
– Ótimo. Então somos nós os patrões. Até à noite, por volta das 11. Ande.

2

O PRÍNCIPE SERNINE ENTROU EM SEU QUARTO E CHAMOU O criado pela campainha.

– Traga meu chapéu, minhas luvas e minha bengala. O automóvel está aí?

– Sim, senhor.

Ele se vestiu, saiu e instalou-se em uma ampla e confortável limusine, que o levou ao Bois de Boulogne, para a casa do marquês e da marquesa de Gastyne, onde foi convidado a almoçar.

Às 2h30, deixou seus anfitriões, parou na avenida Kléber, apanhou dois de seus amigos e um médico, e chegou às cinco para as três no Parc des Princes.

Às 3 horas, travou um duelo de espadas com o comandante italiano Spinelli, cortou a orelha do adversário já na primeira rodada e, às 3h45, fazia apostas em um clube da rua Cambon, de onde saiu, às 5h20, com um lucro de 47 mil francos.

E tudo isso sem pressa, com uma espécie de desdenhosa indiferença, como se o movimento endiabrado que parecia lançar sua vida para dentro de um turbilhão de acontecimentos fosse a própria regra de seus dias mais pacíficos.

813 – A vida dupla de Arsène Lupin

– Octave – ele disse a seu motorista –, vamos para Garches.

E, às 5h50, desceu em frente aos antigos muros do parque de Villeneuve.

Agora dividido e danificado, o domínio de Villeneuve ainda preservava algo do esplendor que conhecera no tempo em que a imperatriz Eugênia vinha descansar. Com suas velhas árvores, seu lago, e o horizonte dos dosséis do bosque de Saint-Cloud, a paisagem tinha certa graça e melancolia.

Grande parte do terreno fora doada ao Instituto Pasteur. Uma porção menor, e separada da primeira parte por todo o espaço reservado ao público, formava uma propriedade ainda muito vasta, com quatro casas isoladas ao redor da casa de repouso.

"É lá que mora a sra. Kesselbach", pensou o príncipe, ao ver de longe os telhados da casa e das quatro moradas.

Enquanto isso, atravessou o parque e dirigiu-se para o lago.

De repente, parou atrás de um grupo de árvores.

Tinha visto duas senhoras apoiadas no parapeito da ponte que atravessa o lago.

"Varnier e seus homens devem estar por perto. Mas, minha nossa, eles estão realmente bem escondidos. Não consigo encontrá-los..."

As duas senhoras agora passeavam pelo gramado, debaixo de grandes árvores veneráveis. O azul do céu aparecia entre galhos embalados por uma brisa calma, e o cheiro de primavera e das folhas jovens preenchia o ar.

Nas colinas gramadas que desciam na direção da água parada, as margaridas, as prímulas, as violetas, os narcisos, os lírios-do-vale, todas as pequenas flores de abril e maio se agrupavam e formavam constelações de todas as cores. O Sol se punha no horizonte.

De repente, três homens surgiram de um bosque e avançaram na direção das senhoras.

Abordaram-nas e houve algumas trocas de palavras. As duas senhoras davam sinais visíveis de medo. Um dos homens avançou na direção da menor delas e tentou agarrar a bolsa dourada que ela segurava na mão. Elas gritaram, e os três homens se jogaram sobre elas.

"É agora ou nunca", pensou o príncipe.

E correu. Em dez segundos, ele havia quase alcançado a beira d'água.

Os três homens, ao verem-no se aproximar, fugiram.

– Fujam, seus malandros! – ele riu. – Fujam a toda velocidade, o salvador chegou!

Ele se pôs a persegui-los, mas uma das senhoras suplicou:

– Oh, senhor, por favor... minha amiga está passando mal.

A senhora menorzinha, de fato, estava caída no gramado, desfalecida.

Ele voltou e perguntou, preocupado:

– Ela não está ferida? Por acaso aqueles miseráveis...?

– Não, não... foi somente o medo... a emoção. Além disso, o senhor entenderá... esta senhora é a sra. Kesselbach...

– Ah! – ele disse.

Ele ofereceu um frasco de sais que a jovem logo deu para a amiga aspirar. E acrescentou:

– Tire a ametista que serve de rolha... Tem uma caixinha, e dentro dessa caixinha há pastilhas. Dê uma à senhora... uma só, não mais... são muito fortes.

Ele observou a jovem cuidando de sua amiga. Era loira, de aspecto muito simples, rosto suave e sério, com um sorriso que animava sua fisionomia mesmo quando não sorria.

"É Geneviève", pensou. E repetiu para si mesmo, emocionado.

"Geneviève... Geneviève..."

No entanto, a sra. Kesselbach foi recobrando a consciência aos poucos. A princípio, estava desconcertada, e parecia não entender. Depois sua memória voltou, e com um aceno de cabeça ela agradeceu a seu salvador.

Então ele fez uma reverência profunda e disse:

– Permita-me que eu me apresente... Sou o príncipe Sernine.

Ela disse em voz baixa:

– Não sei como expressar minha gratidão.

– Não expressando, senhora. É ao acaso que devemos agradecer, foi o acaso que conduziu minha caminhada para este lado. Mas posso oferecer-lhe meu braço?

Alguns minutos depois, a sra. Kesselbach tocou à porta da casa de repouso e disse ao príncipe:

– Pedirei um último serviço ao senhor. Não comente com ninguém sobre essa agressão.

– Mas, senhora, esse seria o único meio de descobrir...

– Para descobrir, seria preciso uma investigação e ainda mais ruído em torno de mim, interrogatórios, cansaço, e já estou esgotada.

O príncipe não insistiu. Fazendo uma reverência, ele perguntou:

– Permita-me contatá-la para ter notícias suas?

– Certamente que sim...

Ela beijou Geneviève e entrou.

Mas começava a anoitecer. Sernine não queria que Geneviève voltasse sozinha. Mas foi só tomarem o atalho, que uma figura saltou da sombra e correu na direção deles.

– Vovó! – exclamou Geneviève.

Ela jogou-se nos braços de uma velha senhora, que a cobriu de beijos.

– Ah, minha querida, o que aconteceu? Como você se atrasou! Você, que é tão pontual!

Geneviève fez as apresentações:

– Esta é a sra. Ernemont, minha avó. Este é o príncipe Sernine...

Depois, ela narrou o incidente, e a sra. Ernemont repetiu:

– Ah, minha querida, que medo você deve ter sentido! Nunca esquecerei, senhor... juro... Mas que medo você deve ter sentido, minha pobrezinha!

– Calma, vovó, estou aqui...

– Sim, mas o medo pode ter lhe feito mal... Nunca se sabe quais serão as consequências... Ah, que horror!

Eles caminharam junto a uma sebe, que permitia entrever do outro lado um pátio arborizado, alguns arbustos, um alpendre e uma casa branca. Por trás da casa, protegida por uma ramagem de sabugueiros dispostos em caramanchão, havia uma pequena cancela.

A senhora convidou o príncipe Sernine a entrar e o conduziu até uma pequena sala de estar, que servia também como sala de visitas. Geneviève pediu ao príncipe permissão para se retirar um instante e ver seus alunos, pois era hora do jantar. O príncipe e a sra. Ernemont ficaram sozinhos.

A senhora tinha um semblante pálido e triste, sob seus cabelos brancos, que terminavam em dois longos cachos. Muito forte e de andar pesado, ela tinha, apesar da aparência e vestimentas de dama, algo um pouco vulgar, mas seus olhos eram infinitamente bondosos.

Enquanto ela arrumava um pouco a mesa e ao mesmo tempo continuava a externar sua preocupação, o príncipe Sernine aproximou-se dela, segurou-lhe o rosto com as duas mãos e a beijou nas duas faces.

– E você, minha velha, como está?

813 – A vida dupla de Arsène Lupin

A senhora ficou atônita, com os olhos desvairados e boquiaberta. O príncipe a beijou novamente, rindo.

Ela gaguejou:

– Você! É você! Ah! Jesus amado... Jesus amado... Será possível!... Jesus amado!...

– Minha boa Victoire!

– Não me chame assim – ela exclamou, tremendo. – Victoire está morta... Sua velha ama de leite não existe mais. Eu pertenço inteiramente a Geneviève...

Ela disse ainda em voz baixa:

– Ah, Jesus! Eu bem que vi seu nome nos jornais... Então é verdade, você voltou à sua vida de maldades.

– Como pode ver.

– Mas você me jurou que havia parado, que iria embora de vez, e que queria se tornar um homem honesto.

– Eu tentei. Faz quatro anos que venho tentando... Não me diga que durante esses quatro anos dei motivo para falarem de mim?

– E então?

– E então que fiquei entediado.

Ela suspirou:

– Sempre o mesmo... Você não muda... ah, desisto, você nunca vai mudar... Então você está no caso Kesselbach?

– Claro! Senão, teria eu me dado ao trabalho de organizar um ataque à sra. Kesselbach às 6 horas, para às 6h05 ter a oportunidade de salvá-la das garras de meus homens? Tendo sido salva por mim, ela é obrigada a me receber. Agora estou no centro da fortaleza e, ao mesmo tempo em que protejo a viúva, posso monitorar o entorno. Ah, a vida que levo não me permite flanar e perder meu tempo com amabilidades e acepipes. Preciso agir com gestos dramáticos e vitórias brutais.

Ela o observava com assombro, e balbuciou:

– Eu entendo... entendo... tudo isso é mentira... Mas então... Geneviève...

– Bem, estou matando dois coelhos com uma só cajadada. Como eu já iria preparar um salvamento, melhor que fossem dois. Pense em quanto tempo levaria, quantos esforços inúteis não seriam feitos para me aproximar dessa criança! Quem era eu para ela? O que seria agora? Um desconhecido... um estranho. Agora sou o salvador. Daqui a uma hora eu serei... o amigo.

Ela começou a tremer.

– Então... você não salvou Geneviève... então você vai nos envolver em suas histórias...

E, de repente, em um surto de revolta, ela o agarrou pelos ombros:

– Não, já estou farta, está me ouvindo? Você me trouxe essa pequena um dia e me disse: "Tome, vou confiá-la a seus cuidados... seus pais estão mortos... cuide dela". Bem, é isso, ela está sob meus cuidados agora, e saberei defendê-la de você e de todas as suas tramoias.

De pé, ereta, com os punhos fechados e o semblante determinado, a sra. Ernemont parecia pronta para todas as eventualidades.

Calmamente e sem gestos bruscos, o príncipe Sernine soltou uma a uma as mãos que o agarravam, e segurou a velha senhora pelos ombros, sentou-a em uma poltrona, abaixou-se e lhe disse em um tom muito calmo:

– Chega!

Ela pôs-se a chorar, derrotada, e juntou as mãos em um gesto de súplica para Sernine:

– Eu imploro, deixe-nos em paz. Estávamos tão felizes! Achava que você havia se esquecido de nós, e agradecia aos céus por cada dia que se passava. É claro... eu gosto de você mesmo assim. Mas Geneviève... veja bem, eu faria de tudo por essa criança. Ela tomou o seu lugar no meu coração.

– Percebi – disse, rindo. – Você me enviaria ao inferno com prazer. Vamos, chega de bobagens! Não tenho tempo a perder. Preciso falar com a Geneviève.

– Vai falar com ela?

– Por acaso isso é crime?

– E o que você tem a dizer para ela?

– Um segredo... um segredo muito grave... muito emocionante...

A velha senhora assustou-se:

– E que a magoará, talvez? Ah, eu temo tanto... eu temo tanto por ela...

– Lá vem ela – ele disse.

– Não, ainda não.

– Sim, consigo ouvi-la... enxugue as lágrimas e seja razoável...

– Escute aqui – disse ela bruscamente –, não sei quais são as palavras que você vai falar, ou o segredo que você vai revelar a essa criança que você não conhece... Mas eu, que a conheço, lhe digo o seguinte: Geneviève é valente, forte, mas muito sensível. Cuidado com suas palavras... Você pode ferir seus sentimentos... que você não pode nem suspeitar...

– E por que, meu Deus?

– Porque ela é de uma raça diferente da sua, é de outro mundo... estou falando de um outro mundo moral... Há coisas que você está proibido de entender agora. O obstáculo entre vocês dois é intransponível... Geneviève tem uma consciência pura e elevada... e você...

– E eu?

– E você não é um homem honesto.

3

Geneviève entrou, alegre e encantadora.

– Todos os meus pequenos estão no dormitório, então tenho dez minutos de descanso... Vovó, o que foi? Está com uma cara estranha... É aquela história, ainda?

– Não, senhorita – disse Sernine. – Creio que tive a sorte de conseguir tranquilizar sua avó. Estávamos agora mesmo falando de você, de sua infância, e é um assunto que aparentemente emociona sempre sua avó.

– De minha infância?... – disse Geneviève, enrubescendo. – Vovó!

– Não se aborreça com ela, senhorita. Foi o acaso que levou a conversa para esse lado. Ocorre que passei muitas vezes pelo pequeno vilarejo onde você foi criada.

– Aspremont?

– Aspremont, perto de Nice... Você morou lá em uma casa nova, toda branca...

– Sim – ela disse –, toda branca, com um pouco de tinta azul nas janelas... Eu era bem pequena, visto que deixei Aspremont aos 7 anos de idade, mas lembro-me de cada detalhe daquele tempo. E não me esqueci do brilho do Sol na fachada branca, nem da sombra do eucalipto no fim do jardim...

– No fim do jardim, senhorita, havia um campo de oliveiras, e era numa mesa embaixo de uma dessas oliveiras que sua mãe trabalhava nos dias de calor...

– É verdade, é verdade... – ela disse, toda agitada – eu ficava ao lado dela brincando...

– E foi lá – ele disse – que vi sua mãe diversas vezes... Logo reconheci a imagem dela em você quando a vi há pouco... só que mais alegre, mais feliz.

— De fato, minha mãe não era feliz. Meu pai morreu no dia em que nasci, e nada nunca a consolou. Ela chorava muito. Guardei dessa época um lencinho com o qual eu enxugava suas lágrimas.

— Um lencinho com desenhos rosa.

— O quê? — ela disse, surpresa. — O senhor sabe...

— Eu estava lá um dia, quando você a consolava... E a consolava de forma tão gentil, que a cena ficou gravada em minha memória.

Ela o olhou profundamente e murmurou, quase como se para si mesma:

— Sim... sim... me parece, de fato... a expressão de seus olhos... e o som de sua voz...

Baixou as pálpebras um instante, e recolheu-se como se buscasse em vão encontrar uma lembrança que lhe escapava. E continuou:

— Então o senhor a conhecia?

— Eu tinha amigos perto de Aspremont, e a encontrava na casa deles. Da última vez, ela me pareceu ainda mais triste... mais pálida, e quando voltei...

— Já era o fim, não?... — disse Geneviève. — Sim, ela se foi muito rapidamente... em poucas semanas... e fiquei sozinha com vizinhos que a velavam... uma manhã, levaram-na embora... E na noite daquele dia, enquanto eu dormia, veio alguém que me pegou nos braços e me enrolou em cobertas...

— Um homem? — perguntou o príncipe.

— Sim, um homem. Ele falava baixinho comigo, muito suavemente... sua voz me fazia bem... e, enquanto me carregava pela estrada e depois na carruagem durante a noite, ele me ninava e contava histórias... com aquela mesma voz... a mesma voz...

Ela parou de falar aos poucos e voltou a olhá-lo, de forma ainda mais profunda e com um esforço visível para captar a impressão fugidia que lhe aflorava por um instante.

Ele perguntou:

– E depois? Para onde ele a levou?

– Não consigo me lembrar claramente... É como se eu tivesse dormido por dias... Só me lembro que fui parar no burgo de Vendée, onde passei a segunda metade de minha infância, em Montégut, na casa do casal Izereau, boas pessoas que me alimentaram, me criaram, e de cuja devoção e carinho jamais esquecerei.

– E eles também morreram?

– Sim... – ela disse. – Uma epidemia de febre tifoide na região... mas eu só soube mais tarde... Logo que eles ficaram doentes, fui levada embora como da primeira vez, e nas mesmas condições, à noite, por alguém que também me enrolou em cobertas... Mas eu já era mais velha, então me debati, tentei gritar... e ele tapou minha boca com um lenço.

– Você tinha que idade?

– Quatorze anos... isso foi quatro anos atrás.

– E você conseguiu ver como era esse homem?

– Não, esse se escondeu ainda mais, e não me disse uma única palavra... Mas sempre pensei que fosse o mesmo... pois guardei a lembrança do mesmo cuidado, dos mesmos gestos atenciosos, cheios de precaução.

– E depois?

– Depois, como da outra vez, veio o esquecimento, o sono... Dessa vez, aparentemente eu estava doente, com febre... E acordei dentro de um quarto alegre, iluminado. Uma senhora de cabelos brancos se debruçava sobre mim e sorria. Era a vovó... e o quarto é esse que eu ocupo no andar de cima.

Ela havia retomado seu semblante feliz, sua bela expressão luminosa, e concluiu sorrindo:

– E foi assim que a sra. Ernemont me encontrou uma noite, na soleira de sua porta, adormecida, aparentemente; foi assim que ela me acolheu, foi assim que se tornou minha avó, e assim que, após algumas provações, a menina de Aspremont passou a gozar das alegrias de uma existência tranquila, e hoje ensina cálculo e gramática para meninas rebeldes e preguiçosas... mas que a adoram.

Ela falava animadamente, em um tom ao mesmo tempo circunspecto e alegre, que transparecia o equilíbrio de uma natureza sensata.

Sernine a escutava com uma surpresa crescente, sem procurar disfarçar sua confusão.

Ele perguntou:

– Você nunca mais ouviu falar desse homem desde então?

– Nunca.

– E ficaria contente de revê-lo?

– Sim, muito contente.

– Bem, senhorita...

Geneviève estremeceu.

– O senhor sabe de alguma coisa... a verdade, talvez...?

– Não... não... somente...

Ele levantou-se e começou a andar dentro do quarto. De vez em quando, seu olhar parava em Geneviève, e ele parecia estar prestes a responder com palavras mais precisas à pergunta que lhe fora feita. Será que falaria?

A sra. Ernemont esperava com angústia a revelação desse segredo, do qual poderia depender a paz da jovem.

Ele sentou-se ao lado de Geneviève, parecendo hesitar, e por fim lhe disse:

– Não... não... uma ideia me veio à cabeça... uma lembrança...
– Uma lembrança?... E...?
– Eu me enganei. Havia no seu relato certos detalhes que me induziram ao erro.
– Tem certeza?
Ele ainda hesitou, depois afirmou:
– Certeza absoluta.
– Ah!.. – ela disse, desapontada. – Pensei... que o senhor conhecesse...
Ela não terminou a frase, mas aguardava uma resposta para a pergunta que fizera, sem ousar formulá-la completamente.
Ele se calou. Então, sem mais insistir, ela se debruçou sobre a sra. Ernemont.
– Boa noite, vovó. Minhas crianças já devem estar na cama, mas elas não dormem antes do meu beijo de boa-noite.
Ela estendeu a mão ao príncipe.
– Obrigada mais uma vez...
– Está indo? – ele perguntou abruptamente.
– Peço licença, minha avó o acompanhará até à porta.
Ele inclinou-se e beijou sua mão. No momento de abrir a porta, ela se virou e sorriu. Depois desapareceu.
O príncipe ouviu o barulho de seus passos se distanciando e ficou imóvel, pálido de emoção.
– Bem – disse a velha senhora –, então você não contou?
– Não...
– Esse segredo...
– Outro dia... hoje... foi estranho... Não consegui.
– Era tão difícil assim? Ela não pressentiu que era você o desconhecido que, por duas vezes, a levou? Bastava uma palavra...
– Algum outro dia... outro dia... – ele disse, recuperando sua confiança. – Você entende... essa criança mal me conhece... pre-

ciso primeiro conquistar o direito à sua afeição, a seu carinho... Quando eu tiver lhe dado a existência que ela merece, uma vida maravilhosa, como se vê nos contos de fada, então eu contarei.

A velha senhora fez um gesto de desaprovação.

– Temo que você esteja cometendo um erro. Geneviève não precisa de uma existência maravilhosa... ela tem gostos simples.

– Ela tem os gostos de todas as mulheres. A fortuna, o luxo e o poder proporcionam alegrias que nenhuma delas despreza.

– A Geneviève, sim. E seria melhor se você...

– Veremos. Por ora, deixe-me em paz. E fique tranquila. Não tenho nenhuma intenção, como você diz, de envolver Geneviève em minhas tramoias. Ela raramente me verá... Mas eu precisava entrar em contato... Está feito. Adeus.

Ele saiu da escola e dirigiu-se até seu automóvel. Estava bastante feliz.

– Que encanto ela é... tão gentil, e tão séria! Tem os olhos da mãe, olhos que me tocavam até as lágrimas... Meu Deus, quanto tempo faz! E que bela lembrança... um pouco triste, mas tão bela! E disse em voz alta:

– É isso, vou cuidar de sua felicidade. E imediatamente! A partir desta noite mesmo! Perfeito, a partir desta noite, ela terá um noivo! Não é essa a condição da felicidade de qualquer moça?

4

Encontrou o automóvel na estrada.

– Para casa – disse a Octave.

Ao chegar, pediu uma ligação para Neuilly, passou suas instruções por telefone para um amigo, a quem chamou de doutor, e se trocou. Jantou no clube da rua Cambon, passou uma hora na Ópera, e entrou novamente em seu automóvel.

– Para Neuilly, Octave. Vamos buscar o doutor. Que horas são?

– Dez e meia.

– Céus! Depressa!

Dez minutos depois, o automóvel parou na ponta do bulevar Inkermann, em frente a uma mansão isolada. Ao toque da buzina, o doutor desceu. O príncipe lhe perguntou:

– O sujeito está pronto?

– Empacotado, amarrado, selado.

– Em bom estado?

– Excelente. Se tudo correr como o senhor me orientou pelo telefone, a polícia não perceberá nada.

– É seu dever. Vamos embarcá-lo.

Levaram-no para dentro do carro, em uma espécie de saco alongado no formato de uma pessoa e aparentemente bastante pesado. E o príncipe disse:

– Para Versalhes, Octave! Rua de la Vilaine, em frente ao Hotel dos Dois Imperadores.

– Mas é um hotel suspeito – observou o doutor. – Eu conheço.

– Você diz isso para mim? E será um trabalho duro, para mim, pelo menos... Mas nossa, eu não cederia meu lugar por dinheiro nenhum! Quem diz que a vida é monótona?

Chegando ao Hotel dos Dois Imperadores, entraram por uma viela lamacenta, desceram dois degraus e tomaram um corredor fracamente iluminado por uma luminária.

Sernine bateu em uma pequena porta.

Apareceu um funcionário, Philippe, o mesmo que, naquela manhã, recebera ordens de Sernine a respeito de Gérard Baupré.

– Ele continua aqui? – perguntou o príncipe.

– Continua.

– E a corda?
– O nó está feito.
– Ele não recebeu o telegrama que estava esperando?
– Está aqui, eu o interceptei.
Sernine pegou o papel azul e leu.
– Caramba! – exclamou com satisfação. – Bem a tempo. Prometeram mil francos para ele amanhã. A sorte está do meu lado. Quinze para a meia-noite. Daqui a quinze minutos, o pobre diabo se precipitará para a eternidade. Leve-me até lá, Philippe. Fique aqui, doutor.

O empregado pegou a vela. Subiram até o terceiro andar e, caminhando na ponta dos pés, seguiram por um corredor baixo e fedorento, encimado por mansardas, que terminava em uma escada de madeira coberta de vestígios de um tapete mofado.

– Ninguém vai me ouvir? – perguntou Sernine.

– Ninguém. Os dois quartos são isolados. Mas não se confunda, ele está no quarto da esquerda.

– Ótimo. Agora pode descer. À meia-noite, o doutor, Octave e você trarão o indivíduo para cá, e então esperem.

A escada de madeira tinha dez degraus, que o príncipe escalou com grande cautela... No alto, um patamar e duas portas... Sernine levou cinco minutos para abrir a da direita, sem que nenhum rangido rompesse o silêncio.

Uma luz brilhava na escuridão do quarto. Tateando, para não derrubar nenhuma das cadeiras, ele andou na direção dessa luz. Ela vinha do quarto vizinho e passava por uma porta envidraçada coberta por um pedaço de tapeçaria.

O príncipe afastou esse trapo. A vidraça era fosca, mas riscada em alguns pontos, de forma que, olhando de perto, era possível ver com facilidade tudo o que se passava no quarto vizinho.

Ali dentro havia um homem sentado diante de uma mesa. Era o poeta Gérard Baupré, que escrevia à luz de uma vela.

Acima dele pendia uma corda amarrada a um gancho preso no teto. Na extremidade de baixo da corda, um nó de forca.

Um relógio na rua bateu suavemente.

"Cinco para a meia-noite...", pensou Sernine. "Mais cinco minutos."

O jovem continuava escrevendo. Depois de um instante, pousou a caneta, arrumou as dez ou doze folhas de papel que enchera de tinta e pôs-se a relê-las.

A escrita não pareceu lhe agradar, pois uma expressão de descontentamento atravessou seu rosto. Ele rasgou seu manuscrito e queimou os pedaços na chama da vela. Depois, com uma mão febril, rabiscou algumas palavras em uma folha em branco, assinou bruscamente e se levantou.

Mas, ao ver a corda a dez polegadas de sua cabeça, sentou-se novamente, tremendo de pânico.

Sernine via distintamente seu rosto pálido, as faces magras pressionadas por seus punhos cerrados. Uma única lágrima escorreu pelo seu rosto, lenta e desolada. Os olhos, de uma assustadora tristeza, miravam o vazio, e pareciam já enxergar o temível nada.

E era um rosto tão jovem, de faces ainda lisas, sem nenhuma ruga! E olhos azuis, azuis como um céu oriental.

Meia-noite... as trágicas doze badaladas da meia-noite, às quais tantos desesperados agarraram o último segundo de sua existência.

Na décima segunda, endireitou-se novamente e, desta vez com bravura, sem tremer, olhou para a sinistra corda. Chegou a ensaiar um sorriso – pobre sorriso, lamentável esgar do condenado já nas garras da morte.

Subiu rapidamente na cadeira e segurou a corda com a mão.

Permaneceu por um instante ali, imóvel. Não porque hesitasse ou lhe faltasse coragem, mas por se tratar do instante supremo, o minuto de graça concedido a si mesmo antes do gesto fatal.

Contemplou o quarto infame, onde o mau destino o havia encurralado, o horrendo papel de parede, o leito miserável.

Sobre a mesa, nem mesmo um livro: tudo fora vendido. Nenhuma fotografia, nenhum envelope! Não tinha mais pai, nem mãe, nem família... O que o prendia ainda à existência? Nada, nem ninguém.

Com um movimento brusco, passou a cabeça pelo laço e puxou a corda até que o nó lhe apertasse bem o pescoço.

E derrubando a cadeira com os dois pés, saltou no vazio.

5

DEZ, VINTE SEGUNDOS SE PASSARAM, VINTE SEGUNDOS formidáveis, eternos...

O corpo sofreu duas ou três convulsões. Instintivamente, os pés buscaram um ponto de apoio. Agora, nada mais se movia...

Mais alguns segundos... e a pequena porta de vidro se abriu.

Sernine entrou.

Sem qualquer pressa, pegou a folha de papel onde o jovem havia colocado sua assinatura e leu:

"Cansado da vida, doente, sem dinheiro, sem esperança, eu me mato. Que ninguém seja acusado pela minha morte.
30 de abril. – Gérard Baupré."

Recolocou o papel sobre a mesa de forma que ficasse à vista, puxou a cadeira e a colocou sob os pés do rapaz. Ele mesmo subiu na mesa e, segurando o corpo de Gérard contra o seu, levantou-o, afrouxou o nó e passou sua cabeça pelo laço.

O corpo vergou entre seus braços. Ele o deixou cair sobre a mesa e, depois de saltar para o chão, estendeu-o novamente sobre a cama.

Depois, sempre com a mesma fleuma, entreabriu a porta de saída.

– Vocês três estão aí? – murmurou.

Perto dele, ao pé da escada de madeira, alguém respondeu:

– Estamos. Podemos subir nosso pacote?

– Podem vir!

Ele pegou o castiçal e os iluminou.

Com dificuldades, os três homens subiram a escada carregando o saco onde o indivíduo estava amarrado.

– Coloquem-no aqui – disse, apontando para a mesa.

Com a ajuda de um canivete, cortou os barbantes que envolviam o saco, revelando um lençol branco. Dentro desse lençol havia um cadáver. Era o corpo de Pierre Leduc.

– Pobre Pierre Leduc! – disse Sernine. – Você não saberá jamais o que perdeu ao morrer tão cedo! Eu o teria levado bem longe, meu caro. Enfim, ficaremos sem seus serviços... Vamos, Philippe, suba na mesa; e você, Octave, na cadeira. Erga a cabeça dele e aperte o nó da forca.

Dois minutos depois, o corpo de Pierre Leduc balançava na ponta da corda.

– Perfeito, foi bem fácil, essa substituição de cadáveres. Agora podem se retirar. Você, doutor, passe aqui novamente amanhã de manhã e constate o suicídio do sr. Gérard Baupré. Entendeu? Gérard Baupré. Está aqui sua carta de despedida.

Você mandará chamar o médico-legista e o comissário, e providenciará para que nenhum deles repare que o defunto tem um dedo cortado e uma cicatriz no rosto...

– Fácil.

– E fará com que o boletim de ocorrência seja redigido rapidamente, e ditado por você.

– Fácil.

– Por fim, impeça que enviem o corpo para o necrotério e peça a autorização para o enterro imediato.

– Não tão fácil.

– Tente. Você examinou o outro?

E apontou para o rapaz que jazia inerte na cama.

– Sim – afirmou o doutor. – A respiração está voltando ao normal. Mas foi um risco grande... a carótida poderia ter...

– Quem não arrisca... Em quanto tempo ele recobrará a consciência?

– Daqui a alguns minutos.

– Ótimo. Ah, não se vá ainda, doutor. Espere lá embaixo. Sua missão não terminou.

Vendo-se sozinho, o príncipe acendeu um cigarro e fumou tranquilamente, lançando para o teto anéis de fumaça azul.

Um suspiro o tirou de seus devaneios. Aproximou-se da cama. O rapaz começava a se agitar, e seu peito subia e descia violentamente, como se estivesse tendo um pesadelo. Levou as mãos à garganta como se sentisse dor, e esse gesto fez com que se levantasse aterrorizado, ofegante...

Então viu Sernine à sua frente.

– O senhor!... – murmurou, sem entender. – O senhor!...

Ele o contemplava atônito, como se estivesse vendo um fantasma.

Novamente pôs a mão na garganta, apalpou seu pescoço

e sua nuca... E de repente soltou um grito rouco. Um medo irracional arregalou seus olhos, eriçou seus cabelos, sacudiu-o todo como uma folha! O príncipe afastara-se e o rapaz viu, na ponta da corda, o enforcado!

Recuou até a parede. Aquele homem, o enforcado, era ele! Era ele mesmo. Estava morto e via a si mesmo morto! Seria aquele um sonho atroz pós-morte? Ou uma alucinação que acomete aqueles que não existem mais, mas cujo cérebro ainda palpita confuso com um fiapo de vida...?

Seus braços debateram-se no ar. Por um momento, pareceu defender-se contra a ignóbil visão. Depois, extenuado, vencido uma segunda vez, desmaiou.

– Que maravilha – disse o príncipe, rindo. – De uma natureza sensível, impressionável... No momento, o cérebro não está normal. Vamos, o momento é propício... Mas se eu não levá-lo daqui em vinte minutos, ele me escapará.

Empurrou a porta que separava as duas mansardas, voltou para a cama, levantou o rapaz e o transportou para a cama do outro quarto. Depois, molhou-lhe as têmporas com água fresca e deu-lhe sais para aspirar.

O desmaio, dessa vez, não durou muito.

Timidamente, Gérard abriu as pálpebras e levantou os olhos para o teto. A visão tinha acabado. Mas a disposição dos móveis, a posição da mesa e da lareira, certos detalhes ainda, tudo o surpreendia – além disso, a lembrança de seu ato... a dor que ele sentia na garganta...

Ele disse ao príncipe:

– Eu sonhei, não foi?

– Não.

– Como não?

De repente, se lembrou:

– Ah! É verdade, agora estou me lembrando... eu queria morrer... e até...

Debruçou-se ansiosamente:

– Mas e o resto? A visão?

– Que visão?

– O homem... a corda... aquilo foi um sonho?...

– Não – afirmou Sernine. – Aquilo também foi real.

– O que está dizendo? O que está dizendo? Ah, não, não! Eu lhe suplico... Acorde-me se eu estiver dormindo, ou deixe-me morrer! Mas estou morto, não estou? E este é o pesadelo de um cadáver... Sinto minha consciência se esvaindo... eu lhe suplico...

Sernine pousou gentilmente a mão sobre os cabelos do rapaz e, inclinando-se sobre ele, disse:

– Escute... escute e você entenderá. Você está vivo. Sua substância e sua mente estão iguais e estão vivas. Mas Gérard Baupré está morto. Você me entende, não? O ser social conhecido como Gérard Baupré não existe mais. Você o eliminou. Amanhã, será registrada no cartório, ao lado desse nome que você carregava, a palavra: "morto", junto com a data de seu falecimento.

– Mentira! – gaguejou o jovem, apavorado. – Mentira! Tanto que estou aqui, Gérard Baupré!...

– Você não é Gérard Baupré... – declarou Sernine.

E apontando para a porta aberta:

– Gérard Baupré está lá, no quarto vizinho. Quer vê-lo? Ele está pendurado no gancho que você prendeu. Sobre a mesa está a carta na qual você certificou sua morte com sua assinatura. Tudo está bem regular, definitivo. Não há como voltar atrás nesse fato irrevogável e brutal: Gérard Baupré não existe mais!

O rapaz escutava, frenético. Mais calmo, agora que os fatos assumiam um significado menos trágico, ele começava a compreender.

— E agora?
— E agora, vamos conversar...
— Sim, sim... vamos conversar...
— Um cigarro?... — perguntou o príncipe. — Aceita? Ah, vejo que está reatando com a vida. Melhor assim, vamos nos entender e rapidamente.

Ele acendeu o cigarro do jovem, o seu e, imediatamente, em poucas palavras e em uma voz ríspida, explicou:

— Você, o falecido Gérard Baupré, estava cansado da vida, doente, sem dinheiro, sem esperança... Gostaria de ser saudável, rico e poderoso?

— Não compreendo.

O acaso o colocou no meu caminho. Você é jovem, bonito, poeta, inteligente e — como prova seu ato de desespero — bastante honesto. São qualidades que raramente se veem em uma única pessoa. Eu as aprecio... e quero assumi-las.

— Elas não estão à venda.

— Imbecil! Quem está falando em compra ou venda? Guarde sua consciência. É uma joia preciosa demais para que a tire de você.

— Então o que quer de mim?

— Sua vida!

E, apontando para a garganta ainda dolorida do rapaz:

— Sua vida! Sua vida, que você não soube empregar! Sua vida que você desperdiçou, perdeu, destruiu e que eu pretendo refazer, seguindo um ideal de beleza, grandeza e nobreza que lhe dariam vertigem, meu rapaz, se você visse a profundeza de meus pensamentos mais secretos...

Segurou entre as mãos a cabeça de Gérard, e continuou com uma ênfase irônica:

— Você é livre! Não tem amarras! Não precisa mais sofrer o peso de seu nome! Você apagou esse número de matrícula que a sociedade imprimiu em você como um ferro em brasa. Você é livre! Neste mundo de escravos, onde cada um carrega um rótulo, você pode ir e vir incógnito, invisível, como se possuísse o anel de Giges[1]... ou então escolher o rótulo que preferir! Compreende? Compreende o magnífico tesouro que você representa para um artista, para você mesmo, se quiser? Uma vida virgem, novinha em folha! Sua vida é a cera que você poderá modelar como quiser, de acordo com os caprichos de sua imaginação ou os conselhos de sua razão.

O rapaz fez um gesto de enfado.

– E o que o senhor quer que eu faça com esse tesouro? Que fiz dele até hoje? Nada.

– Dê para mim.

– O que poderá fazer com ele?

– Tudo. Se você não é um artista, eu sou! E entusiasta, inesgotável, indomável, exuberante. Se você não tem o fogo sagrado, eu tenho! Onde você fracassou, eu terei sucesso. Dê sua vida para mim.

– Palavras, promessas!... – exclamou o jovem, cujo rosto começava a se animar. – Sonhos vazios! Eu sei bem o que valho! Conheço minha covardia, meu desânimo, meus esforços vãos, toda minha infelicidade. Para recomeçar minha vida, eu precisaria de uma vontade que não tenho...

– Eu tenho a minha...

– Amigos...

– Você os terá!

– Recursos...

– Eu lhe darei, e que recursos! Você só precisará pegar, como se tivesse um cofre mágico.

---

1. Artefato mítico e mágico mencionado pelo filósofo Platão no segundo livro de A República. O objeto concede ao possuidor o poder de tornar-se invisível à vontade.

— Mas quem é o senhor? – perguntou o rapaz, perdido.

— Para os outros, sou o príncipe Sernine... Para você... o que importa? Sou mais do que um príncipe, mais do que um rei, mais do que um imperador.

— Quem é o senhor?... quem é o senhor? – gaguejou Baupré.

— O Mestre... aquele que quer e que pode... aquele que age... Não há limites para minha vontade, nem para meu poder. Sou mais rico que o mais rico, pois sua fortuna me pertence... Sou mais poderoso que o mais forte, pois sua força está a meu serviço.

Ele segurou novamente a cabeça do jovem e disse, olhando no fundo de seus olhos:

— Seja rico também... seja forte... é a felicidade que estou lhe oferecendo... é a alegria de viver... a paz para seu cérebro de poeta... e a glória também. Você aceita?

— Sim... sim – murmurou Gérard, deslumbrado e dominado. – O que devo fazer?

— Nada.

— Mas...

— Nada, estou dizendo. Toda a construção de meus projetos depende de você, mas você não conta. Não precisa exercer nenhum papel ativo. Por enquanto, você será somente um figurante... nem isso! Seria um peão movido por mim.

— O que eu faria?

— Nada... escreva versos! Você viverá como quiser. Terá dinheiro. Aproveitará a vida. Eu nem mesmo cuidarei de você. Repito, você não terá nenhum papel na minha empreitada.

— E quem eu serei?

Sernine estendeu o braço e apontou para o quarto vizinho:

— Você assumirá o lugar daquele rapaz. Você é aquele rapaz!

Gérard tremeu de revolta e repulsa.

— Ah, não! Ele está morto... além disso... é um crime... não, eu quero uma vida nova, feita para mim, pensada para mim... um nome desconhecido...

– Aquele ali, eu lhe digo – exclamou Sernine, irresistível em sua energia e autoridade. – Você será aquele ali e não outro! Aquele ali, porque seu destino é magnífico, porque seu nome é ilustre e ele lhe transmite uma herança dez vezes secular de nobreza e orgulho.

– É um crime – gemeu Baupré, abatido.

– Você será aquele ali... – proferiu Sernine, com uma violência espantosa – aquele ali! Senão, voltará a se tornar Baupré, e sobre Baupré eu tenho direito de vida ou morte. Escolha.

Sacou seu revólver, engatilhou e apontou-o para o rapaz.

– Escolha! – repetiu.

A expressão em seu rosto era implacável.

Gérard teve medo e lançou-se sobre a cama, soluçando.

– Quero viver!

– Você quer, de forma firme e irrevogável?

– Sim, mil vezes sim! Depois da coisa terrível que tentei, a morte me apavora... Tudo... tudo menos a morte! Tudo! O sofrimento... a fome... a doença... todas as torturas, todas as infâmias... mesmo o crime, se for preciso... mas a morte, não!

Tremia de febre e angústia, como se a grande inimiga ainda o rondasse e ele se sentisse impotente para fugir de suas garras.

O príncipe redobrou os esforços e, com uma voz ardente, o segurou como uma presa:

– Não lhe pedirei nada de impossível, nada de errado... Se houver qualquer coisa, serei o responsável... Não, nada de crimes... um pouco de sofrimento, no máximo... um pouco de seu sangue deverá correr. Mas o que é isso, comparado com o medo de morrer?

– Sou indiferente ao sofrimento.

– Então é para já! – clamou Sernine. – É para já! Dez segundos de sofrimento, e só... dez segundos, e a vida do outro será toda sua.

Ele o segurou firmemente e, curvado sobre uma cadeira, pressionou sua mão esquerda aberta sobre a mesa, com os cinco dedos afastados. Rapidamente sacou uma faca de seu bolso, pressionando a lâmina contra o dedo mínimo, entre a primeira e a segunda falange, e ordenou:

– Bata! Bata você mesmo ! Um golpe só, e pronto!

Ele pegou a mão direita do rapaz e tentou batê-la sobre a outra como um martelo.

Gérard contorceu-se, horrorizado. Ele havia compreendido.

– Jamais! – gaguejou. – Jamais!

– Bata! Um único golpe e está feito, um único golpe, e você ficará igual a esse homem, ninguém o reconhecerá.

– Seu nome...

– Bata, primeiro...

– Jamais! Ah, que suplício... eu lhe imploro... mais tarde...

– Agora... eu quero... você precisa...

– Não... não... eu não consigo...

– Mas bata logo, imbecil! É a fortuna, a glória, o amor.

Gérard ergueu o punho em um impulso.

– O amor!... – ele disse. – Sim... por isso, sim...

– Você amará e será amado – proferiu Sernine.

Sua noiva o aguarda. Fui eu que a escolhi. Ela é mais pura que as mais puras, mais bela que as mais belas. Mas você precisa conquistá-la. Bata!

O braço esticou-se para o gesto fatal, mas o instinto foi mais forte. Uma energia sobre-humana fez o rapaz se retorcer. Bruscamente, ele se desvencilhou de Sernine e fugiu.

Correu como um louco para o outro quarto. Um berro de terror lhe escapou, diante do abominável espetáculo, e ele voltou e caiu de joelhos diante de Sernine, junto à mesa.

— Bata! — disse Sernine, afastando novamente os cinco dedos e dispondo a lâmina da faca.

Foi mecânico. Com um gesto autômato, o olhar desvairado, o semblante lívido, o rapaz ergueu o punho e bateu.

— Ahhh! — exclamou, com um gemido de dor.

Um pedacinho de carne saltou, fazendo o sangue correr. Pela terceira vez, ele desmaiou.

Sernine o olhou por alguns segundos e disse, gentilmente:

— Pobre rapaz!... Vou recompensá-lo, com cem vezes mais... Sempre pago suntuosamente.

Ele desceu e encontrou o doutor embaixo:

— Está feito. Agora é com você. Suba e faça uma incisão na face direita, parecida com a de Pierre Leduc. As duas cicatrizes precisam ficar idênticas. Daqui a uma hora, venho buscá-lo.

— Aonde você vai?

— Tomar ar. Meu coração está disparado.

Do lado de fora, respirou longamente, depois acendeu outro cigarro.

— Foi um bom dia — murmurou. — Um pouco carregado, um pouco cansativo, mas frutífero, muito frutífero. Virei amigo de Dolores Kesselbach. Virei amigo de Geneviève. Confeccionei um novo Pierre Leduc, muito apresentável e inteiramente à minha disposição. Por fim, encontrei um marido para Geneviève, do tipo que não se encontra às dúzias. Agora minha tarefa está cumprida. Só preciso colher os frutos de meus esforços. Sua vez de trabalhar, sr. Lenormand. De minha parte, estou pronto. E acrescentou, pensando no infeliz mutilado a quem deslumbrou com suas promessas:

— Porém... e existe um porém... eu ignoro completamente quem teria sido esse Pierre Leduc, cujo lugar generosamente concedi a esse bom jovem. E isso me aborrece... Pois, enfim, nada me prova que Pierre Leduc não fosse o filho de um salsicheiro...

O sr. Lenormand em ação

1

NA MANHÃ DO DIA 31 DE MAIO, TODOS OS JORNAIS LEMBRAvam que Lupin, em uma carta escrita ao sr. Lenormand, havia anunciado para aquela data a fuga do contínuo Jérôme. E um deles resumia muito bem a situação atual:

"*A terrível chacina do Palace Hotel ocorreu no dia 17 de abril. O que descobriram desde então? Nada.*

Havia três pistas: a cigarreira, as letras L e M, o pacote de roupas esquecido na recepção do hotel. O que aproveitaram dessas pistas? Nada.

Aparentemente, um dos suspeitos seria um dos hóspedes que moravam no primeiro andar, cujo desaparecimento parece duvidoso. Ele foi encontrado? Sua identidade foi estabelecida? Não.

Portanto, a tragédia permanece tão misteriosa quanto no início, e a obscuridão é a mesma.

Para completar o quadro, ouvimos dizer que haveria um desacordo entre o comissário de polícia e seu subordinado, sr. Lenormand, e que este, defendido com menos vigor pelo presidente do Conselho, teria enviado seu pedido de demissão havia vários dias. O caso Kesselbach estaria sendo conduzido pelo subchefe da Segurança, sr. Weber, inimigo pessoal do sr. Lenormand.

Em suma, caos e anarquia para todos os lados. Tudo isso diante de Lupin, sinônimo de método, energia e perseverança.
Nossa conclusão? Ela será breve. Lupin libertará seu cúmplice hoje, dia 31 de maio, como previsto.".

Essa conclusão, a mesma de todos os outros jornais, foi também a adotada pelo público. E tudo levava a crer que a ameaça também teria sido considerada nas altas instâncias, pois na ausência do sr. Lenormand, supostamente doente, o comissário de polícia e o sr. Weber, subchefe da Segurança, haviam adotado medidas mais rigorosas, tanto no Palácio de Justiça quanto na prisão da Santé, onde se encontrava o réu.

Por pudor, não ousaram suspender, naquele dia, os interrogatórios diários do sr. Formerie, mas desde a prisão até o bulevar do Palácio, uma verdadeira mobilização de forças policiais fazia a segurança das ruas do percurso.

Para grande espanto de todos, o dia 31 de maio passou e a fuga anunciada não aconteceu.

Houve de fato um início de operação, que se traduziu em um bloqueio de bondes, ônibus e caminhões no trajeto do carro da polícia, e a inexplicável quebra de uma das rodas desse carro. Mas a tentativa não assumiu nenhuma forma mais concreta.

Portanto, foi um fracasso. O público ficou quase decepcionado, enquanto a polícia triunfava ruidosamente.

No dia seguinte, um sábado, um rumor inacreditável se espalhou pelo Palácio de Justiça e chegou às redações de jornal: o contínuo Jérôme havia desaparecido.

Seria possível? Embora as edições especiais confirmassem a notícia, as pessoas se recusavam a acreditar. Mas, às 6 horas, uma nota publicada pelo *Dépêche du Soir* a tornou oficial:

"*Recebemos a seguinte comunicação assinada por Arsène Lupin. O selo especial que ali se encontra, conforme a circular que Lupin enviou à imprensa, nos certifica a autenticidade do documento.*

Senhor Diretor, quero me desculpar junto ao público por não ter mantido minha palavra ontem. No último momento, percebi que o 31 de maio caía em uma sexta-feira! Poderia eu devolver a liberdade ao meu amigo em uma sexta-feira? Pareceu-me que não deveria assumir tamanha responsabilidade.

Peço desculpas também por não dar nesta ocasião, com minha habitual franqueza, explicações a respeito desse pequeno evento. Meu procedimento é tão engenhoso e simples que eu temeria, ao revelá-lo, que todos os malfeitores se inspirassem nele. Como ficarão surpresos todos no dia em que eu puder falar! 'É só isso?', dirão. Era só isso, mas era preciso ser pensado.

Atenciosamente, senhor Diretor...
Assinado: Arsène Lupin."

Uma hora depois, o sr. Lenormand recebia um telefonema. Valenglay, presidente do Conselho, o convocava a comparecer ao ministério do Interior.

– Que cara ótima, meu caro Lenormand! Achei que estivesse doente e não queria incomodá-lo!

– Não estou doente, senhor presidente.

– Então essa ausência era por birra! Sempre esse mau humor.

– Reconheço meu mau humor, senhor presidente... mas não a birra.

– Mas você estava em casa! E Lupin se aproveitou disso para libertar seus amigos...

– Como eu poderia impedi-lo?

– Como? O truque de Lupin foi grosseiro. Seguindo seu procedimento habitual, ele anunciou a data da fuga, todos acreditaram, uma aparente tentativa foi esboçada, a fuga não aconteceu e, no dia seguinte, quando ninguém mais prestava atenção, eis que os passarinhos fugiram!

– Senhor presidente – disse seriamente o chefe da Segurança –, Lupin dispõe de tantos recursos que não temos como impedir o que quer que ele decida. A fuga era certa, matemática. Preferi passar o bastão... e deixar a humilhação para os outros.

Valenglay riu:

– É fato que o senhor comissário de polícia e o sr. Weber não devem estar nada felizes neste momento. Mas, enfim, poderia me explicar, sr. Lenormand?

– Tudo o que sabemos, senhor presidente, é que a fuga se deu no Palácio de Justiça. O réu foi colocado em um carro de polícia e conduzido até o gabinete do sr. Formerie... mas ele não saiu do Palácio de Justiça. No entanto, ninguém sabe que fim ele levou.

– É estarrecedor.

– Estarrecedor.

– E não fizeram nenhuma descoberta?

– Fizemos. O corredor interno que leva aos gabinetes de instrução estava lotado com uma multidão absolutamente insólita de réus, guardas, advogados, oficiais de justiça, e descobriram que todas essas pessoas haviam recebido intimações falsas para comparecerem na mesma hora. Por outro lado, nenhum dos juízes de instrução que supostamente os haviam convocado apareceu naquele dia em seus gabinetes, após convocações falsas da Promotoria, que os enviaram para diferentes partes de Paris... e do subúrbio.

– Só isso?

– Não. Dois guardas municipais e um réu foram vistos atravessando os pátios. Do lado de fora, uma carruagem os esperava e levou os três.

— E qual a sua teoria, Lenormand? Sua opinião?

— Minha teoria, senhor presidente, é que os dois guardas municipais eram cúmplices, que, aproveitando a confusão no corredor, substituíram os verdadeiros guardas. E minha opinião é que essa fuga só se deu certo graças a circunstâncias muito especiais, a um conjunto de fatos tão estranho, que devemos admitir como certas as cumplicidades mais improváveis. Aliás, Lupin tem contatos no Palácio de Justiça que se esquivam de todos os nossos cálculos. Ele tem contatos na polícia e ao meu redor. É uma organização formidável, mil vezes mais hábil que a Segurança, mais audaciosa, mais diversa e mais flexível do que o serviço dirigido por mim.

— E o senhor apoia isso, Lenormand?

— Não.

— Então por que essa inércia de sua parte desde o início do caso? O que fez contra Lupin até agora?

— Preparei o confronto.

— Ah, claro! E enquanto preparava, ele agia.

— Eu também.

— E você sabe alguma coisa?

— Bastante.

— O quê? Fale.

O sr. Lenormand fez, apoiando-se em sua bengala, uma pequena caminhada meditativa pelo enorme quarto. Depois sentou-se diante de Valenglay, espanou com a ponta dos dedos as abas de seu redingote verde-oliva, firmou sobre o nariz seus óculos de aros prateados e lhe disse claramente:

— Senhor presidente, tenho três trunfos na mão. Primeiro, sei o nome que Arsène Lupin tem usado atualmente, o nome sob o qual ele morou no bulevar Haussmann, recebendo diariamente seus colaboradores, reconstituindo e dirigindo seu bando.

— Mas então por que você não o detém, diacho?

— Só recebi essas informações depois. O príncipe... vamos chamá-lo de príncipe Três Estrelas... desapareceu. Ele está no exterior tratando de outros negócios.

— E se ele não voltar?

— A posição que ele ocupa, a maneira como ele entrou no caso Kesselbach, exigem que ele volte, e sob o mesmo nome.

— No entanto...

— Senhor presidente, esse é meu segundo trunfo. Acabei descobrindo Pierre Leduc.

— Ora, pois!

— Ou melhor, foi Lupin quem o descobriu, e foi Lupin quem, antes de desaparecer, o instalou em uma pequena casa nos arredores de Paris.

— Caramba! Mas como você soube?

— Ah, foi fácil. Lupin colocou junto de Pierre Leduc, para vigiá-lo e defendê-lo, dois de seus cúmplices. Ora, esses cúmplices são agentes meus, dois irmãos que trabalham para mim em segredo e que o entregarão na primeira oportunidade.

— Muito bem! Então...

— Então como Pierre Leduc é, por assim dizer, o ponto central dos esforços daqueles que estão à procura do famoso segredo de Kesselbach, cedo ou tarde terei, através de Pierre Leduc, o autor do assassinato triplo, uma vez que esse miserável substituiu o sr. Kesselbach na realização de um projeto grandioso, até então desconhecido, e porque o sr. Kesselbach precisava encontrar Pierre Leduc para a realização desse projeto. E também terei Arsène Lupin, uma vez que Arsène Lupin está atrás do mesmo objetivo.

— Perfeito. Pierre Leduc é a isca para o inimigo.

— E o peixe está mordendo, senhor presidente. Acabo de

receber um aviso de que um indivíduo suspeito foi visto agora há pouco rondando a casa que Pierre Leduc ocupa sob proteção de meus dois agentes secretos. Daqui a quatro horas, estarei no local.

– E o terceiro trunfo, Lenormand?
– Senhor presidente, ontem chegou ao endereço do sr. Rudolf Kesselbach uma carta que eu interceptei...
– Interceptou... está indo bem, hein?
– ... que eu abri e guardei comigo. Aqui está. É de dois meses atrás. Está com o carimbo da Cidade do Cabo e contém estas palavras:

"Meu caro Rudolf, no dia 1º de junho estarei em Paris, e tão infeliz quanto no dia em que você me socorreu. Mas espero muito desse caso do Pierre Leduc que contei a você. Que história estranha! Você o encontrou? Em que pé estamos? Estou ansioso para saber.
Assinado, seu fiel Steinweg."

Hoje é 1º de junho, continuou o sr. Lenormand. Encarreguei um de meus inspetores de desentocar esse tal de Steinweg. Não tenho dúvidas de que ele conseguirá.
– E eu tampouco! – exclamou Valenglay, levantando-se. – E peço desculpas, meu caro Lenormand, fazendo minha humilde confissão: eu estava a ponto de abandoná-lo... mas completamente! Estava esperando o comissário de polícia e o sr. Weber para amanhã.
– Eu sabia disso, senhor presidente.
– Impossível!
– Do contrário, teria eu me dado ao trabalho? Hoje o senhor vê meu estratagema. De um lado, ponho armadilhas onde o assassino acabará sendo pego cedo ou tarde: Pierre

Leduc ou Steinweg o entregarão para mim. Do outro, estou no encalço de Lupin. Dois de seus agentes trabalham para mim, e ele crê que sejam seus mais dedicados colaboradores. Além disso, ele está trabalhando para mim, pois está atrás do autor do triplo assassinato, assim como eu. Mas se ele imagina que está me enganando, sou eu que na verdade o engano. Desse modo terei sucesso, mas com uma condição.

– Qual?

– Que eu tenha total liberdade para agir segundo as necessidades do momento, sem me preocupar com a impaciência do público e as intrigas de meus chefes contra mim.

– De acordo.

– Nesse caso, senhor presidente, daqui a alguns dias serei vitorioso... ou estarei morto.

2

EM SAINT-CLOUD. UMA PEQUENA CASA SITUADA EM UM DOS pontos mais elevados do planalto, ao longo de uma estrada de pouco movimento. São 11 horas da noite. Lenormand deixara seu automóvel em Saint-Cloud e, seguindo a estrada com cautela, se aproxima.

Um vulto apareceu.

– É você, Gourel?

– Sim, chefe.

– Você avisou os irmãos Doudeville a respeito de minha chegada?

– Sim, seu quarto está pronto, pode se deitar e dormir... A menos que tentem raptar Pierre Leduc esta noite, o que não me espantaria, considerando o comportamento do indivíduo visto pelos Doudeville.

Atravessaram o jardim, entraram silenciosamente e subiram até o primeiro andar. Os dois irmãos, Jean e Jacques Doudeville, estavam lá.

– Nenhuma notícia do príncipe Sernine? – perguntou.
– Nenhuma, chefe.
– E Pierre Leduc?
– Ele passa o dia deitado em seu quarto, no térreo, ou no jardim. Nunca sobe para nos ver.
– Ele está melhor?
– Bem melhor. O descanso o transformou a olhos vistos.
– Ele está totalmente dedicado a Lupin?
– Ao príncipe Sernine, na verdade, pois não desconfia que os dois sejam a mesma pessoa. É o que suponho, pelo menos, pois nunca se sabe. Ele nunca fala nada. Ah, é um tipo esquisito. Só uma pessoa tem o dom de animá-lo, de fazê-lo falar ou até mesmo rir. É uma moça de Garches, a quem o príncipe Sernine o apresentou, Geneviève Ernemont. Ela já veio três vezes... e esteve novamente hoje...

Acrescentou, jocosamente:

– Creio que estejam flertando... um pouco como Sua Alteza, o príncipe Sernine, e a sra. Kesselbach... pelo visto, ele a tem cortejado! Danado, esse Lupin!

O sr. Lenormand não respondeu. Mas todos esses detalhes, aos quais não parecia dar importância, iam sendo gravados em sua memória, para o momento em que precisasse deles para tirar alguma conclusão lógica. Ele acendeu um charuto, mastigou sem fumá-lo, acendeu-o novamente e o largou.

Fez mais duas ou três perguntas e depois, ainda vestido, atirou-se na cama.

– Se acontecer qualquer coisa, podem me acordar. Do contrário, dormirei. Podem ir para seus postos.

Os outros saíram. Uma hora se passou, duas...

De repente, o sr. Lenormand sentiu alguém o tocando, e Gourel lhe disse:

– Acorda, chefe. Alguém abriu o portão.

– Um homem ou dois?

– Só vi um... a lua apareceu naquele momento... ele estava agachado ao lado de uma moita.

– E os irmãos Doudeville?

– Eu os mandei para fora, pelos fundos. Eles lhe bloquearão a fuga quando chegar a hora.

Gourel segurou a mão do sr. Lenormand e o levou para baixo, para um cômodo escuro.

– Não se mexa, chefe, estamos no vestiário de Pierre Leduc. Estou abrindo a porta da alcova onde ele dorme... Não tenha medo... ele tomou seu veronal, como faz todas as noites... não vai acordar de jeito nenhum. Venha por aqui... é um bom esconderijo, não? Essas são as cortinas da cama... Por aqui, você vê a janela e todo o lado do quarto que vai da cama até a janela.

A janela estava aberta e deixava entrar uma claridade difusa, muito precisa em certos momentos, quando a lua rompia o véu das nuvens. Os dois homens não tiravam os olhos da moldura vazia da janela, certos de que o acontecimento esperado viria de lá.

Um leve ruído... um estalo...

– Está escalando a treliça – sussurrou Gourel.

– É alto?

– Dois metros... dois metros e cinquenta...

Os estalos se tornaram mais nítidos.

– Vá embora, Gourel – murmurou Lenormand. – Vá encontrar os Doudeville... leve-os até o pé do muro e bloqueie a estrada para qualquer um que tente descer para cá.

Gourel partiu.

No mesmo momento, uma cabeça apareceu na janela, e uma perna passou por cima da sacada. O sr. Lenormand distinguiu um homem magro, mais alto que a média, vestido de cores escuras e sem chapéu.

O homem virou-se e, debruçando-se sobre a sacada, olhou por alguns segundos para o vazio, como se para ter certeza de que nenhum perigo o ameaçava. Depois curvou-se e estendeu-se sobre o chão. Parecia imóvel. Mas logo o sr. Lenormand se deu conta de que a mancha preta que ele formava na escuridão estava se aproximando, até alcançar a cama.

Teve a impressão de que conseguia ouvir a respiração desse ser, e até mesmo adivinhar como eram seus olhos, cintilantes, agudos, que penetravam a escuridão como raios de fogo, que conseguiam enxergar através dessa escuridão.

Pierre Leduc soltou um suspiro profundo e se virou.

Tudo ficou silencioso novamente.

O indivíduo deslizara junto à cama em movimentos imperceptíveis, e a silhueta escura se destacava contra a brancura dos lençóis.

Se o sr. Lenormand tivesse esticado o braço, teria encostado nele. Dessa vez ele distinguiu claramente a respiração que se alternava com a do homem que dormia, e teve a ilusão de ouvir também um coração pulsar.

De repente, um clarão de luz... O homem acendera uma lanterna elétrica, iluminando todo o rosto de Pierre Leduc. Mas o homem permaneceu na sombra, e o sr. Lenormand não conseguiu ver seu rosto.

Ele viu somente algo que brilhava no meio da claridade,

e estremeceu. Era a lâmina de uma faca, mais parecida com um estilete do que com um punhal, que lhe pareceu idêntica à faca que ele recolhera perto do corpo de Chapman, secretário do sr. Kesselbach.

Ele precisou de toda sua força de vontade para não atacar o homem. Quis primeiro ver o que ele viera fazer...

A mão se ergueu. Estaria prestes a desferir um golpe? O sr. Lenormand calculou a distância apara impedir o golpe. Mas não, não era um gesto de assassino, mas sim de precaução. A mão só golpearia se Pierre Leduc se remexesse ou gritasse. E o homem debruçou-se sobre o outro que dormia, como se estivesse examinando alguma coisa.

"A face direita...", pensou o sr. Lenormand, "a cicatriz da face direita... ele quer se certificar que se trata mesmo de Pierre Leduc".

O homem se virou um pouco para o lado, de forma que só seus ombros ficaram visíveis. Mas as roupas e seu casaco estavam tão próximos que roçavam as cortinas atrás das quais o sr. Lenormand estava escondido.

"Qualquer movimento de sua parte", pensou, "um tremor de inquietação, e eu o ataco." Mas o homem, totalmente absorto em seu exame, não se mexeu. Por fim, depois de passar o punhal para a mão que segurava a lanterna, ele levantou o lençol, só um pouco no começo, e depois um pouco mais, e mais, até que o braço esquerdo do homem que dormia ficou exposto e a mão também. O clarão da lanterna iluminou essa mão. Quatro dedos esticados. O quinto estava cortado na segunda falange.

Pierre Leduc fez um movimento pela segunda vez. A luz logo se apagou, e por um instante o homem permaneceu junto da cama, imóvel, ereto. Será que decidiria atacar? O sr. Lenormand sentia a agonia do crime que ele tão facilmente poderia evitar, mas que não queria impedir até o último segundo.

Fez-se um silêncio longo, muito longo. Subitamente, ele teve a visão, um tanto imprecisa, de um braço se erguendo. Instintivamente se mexeu, estendendo a mão acima do homem que dormia. Ao fazer esse gesto, bateu no homem.

Um grito surdo. O indivíduo golpeou o ar e tentou se defender aleatoriamente, depois fugiu em direção à janela. Mas o sr. Lenormand saltara sobre ele, segurando os ombros do homem com seus dois braços.

Ele logo o sentiu ceder. Sendo mais fraco e impotente, o rapaz evitou a luta e tentou deslizar por entre seus braços. Com todas as suas forças, Lenormand o apertou contra si, o dobrou em dois e o estendeu sobre o chão.

– Ah, peguei você, peguei você! – murmurou, triunfante.

E sentiu uma inebriação singular em prender aquele criminoso terrível, aquele monstro inominável, com seu abraço irresistível. Ele sentia vida e tremor, raiva e desespero, suas duas vidas entrelaçadas, suas respirações fundidas:

– Quem é você? – perguntou. – Quem é você? Acho bom você falar...

E apertava o corpo do inimigo com uma energia crescente, pois tinha a impressão de que esse corpo diminuía entre seus braços, que se esvaía. Ele apertou mais... e mais...

E, de repente, tremeu dos pés à cabeça. Ele havia sentido, e ainda sentia, uma picada na garganta... Exasperado, apertou ainda mais, e a dor aumentou. E se deu conta de que o homem havia conseguido torcer seu braço, deslizar sua mão até seu peito e erguer seu punhal. É verdade que o braço estava imobilizado, mas quanto mais o sr. Lenormand apertava, mais a ponta do punhal penetrava em sua carne.

Ele inclinou um pouco a cabeça para se desviar dessa ponta: a ponta seguiu o movimento e o ferimento se ampliou.

Então não se moveu mais, tomado pela lembrança dos três crimes e por tudo aquilo que representava de assombroso, atroz e fatídico essa mesma agulha de aço que perfurava sua pele e também penetrava implacavelmente...

De repente, ele o soltou e pulou para trás. Depois, imediatamente tentou retomar a ofensiva. Tarde demais. O homem pulara pela janela.

– Cuidado, Gourel! – gritou, sabendo que Gourel estava lá, pronto para pegar o fugitivo.

Ele se debruçou. Um barulho de cascalho... uma sombra entre duas árvores... o fechar do portão... E nenhum outro barulho... Nenhuma intervenção...

Sem se preocupar com Pierre Leduc, chamou:

– Gourel!... Doudeville!

Nenhuma resposta. O grande silêncio noturno do campo...

Sem querer, continuou a pensar no triplo assassinato, no estilete de aço. Mas não, era impossível, o homem não teria tido tempo de atacar, nem mesmo tinha a necessidade, uma vez que encontrara o caminho livre.

Saltou e, ao acender a lanterna elétrica, reconheceu Gourel, que jazia no chão.

– Santo Deus! – exclamou. – Se ele estiver morto, pagarão caro por isso.

Mas Gourel estava vivo, somente atordoado, e, alguns minutos mais tarde, ao voltar a si, resmungou:

– Um murro, chefe... um simples murro no meio do peito. Mas que força tinha esse rapaz!

– Então eles estavam em dois?

– Sim, um menor, que subiu, e mais um outro, que me surpreendeu enquanto eu vigiava.

– E os Doudeville?

– Não vi.

Encontraram um deles, Jacques, perto do portão, sangrando no maxilar; o outro estava um pouco adiante, arfando depois de receber um golpe no peito.

– O quê? O que aconteceu? – perguntou o sr. Lenormand.

Jacques contou que seu irmão e ele haviam se deparado com um indivíduo que os nocauteou antes que eles tivessem tempo de se defender.

– Ele estava sozinho?

– Não, quando passou perto de nós, estava acompanhado de um colega, menor que ele.

– Você reconheceu o que atacou?

– Pelos ombros, me pareceu o inglês do Palace Hotel, aquele que deixou o hotel e cuja pista perdemos.

– O major?

– Sim, o major Parbury.

3

Após um instante de reflexão, o sr. Lenormand disse:
– Não há mais dúvida possível. Foram dois no caso Kesselbach: o homem do punhal, que cometeu os assassinatos, e seu cúmplice, o major.

– É a opinião do príncipe Sernine – resmungou Jacques.

– E esta noite – continuou o chefe da Segurança – foram eles novamente... os mesmos dois.

E acrescentou:

– Melhor assim. Temos cem vezes mais chances de pegar dois bandidos que um só.

O sr. Lenormand cuidou de seus homens, mandou que fossem colocados na cama e tentou descobrir se os agressores não haviam perdido nenhum objeto ou deixado algum vestígio. Não encontrou nada e foi dormir.

De manhã, como Gourel e os Doudevilles já não sentiam muito seus ferimentos, ele ordenou que os dois irmãos explorassem o entorno, e partiu com Gourel para Paris, para despachar tarefas e dar suas ordens.

Almoçou em seu escritório. Às 2 horas, soube de uma boa notícia. Um de seus melhores agentes, Dieuzy, havia capturado o alemão Steinweg, correspondente de Rudolf Kesselbach, que descia de um trem vindo de Marselha.

– Dieuzy está aí? – ele perguntou.

– Sim, chefe – respondeu Gourel. – Está aqui com o alemão.

– Tragam-nos para mim.

Nesse momento, ele recebeu um telefonema. Era Jean Doudeville que o chamava, da unidade de Garches. A conversa foi rápida.

– É você, Jean? Novidades?

– Sim, chefe, o major Parbury...

– E então?

– Nós o encontramos. Ele se tornou espanhol e escureceu a pele. Acabamos de vê-lo. Estava entrando na escola livre de Garches. Foi recebido por aquela moça... o senhor sabe, a jovem que conhece o príncipe Sernine, Geneviève Ernemont.

– Raios!

O sr. Lenormand largou o aparelho, agarrou seu chapéu, precipitou-se para o corredor, encontrou Dieuzy e o alemão e gritou:

– Estejam aqui às 6 horas!

Desceu a escada correndo, seguido de Gourel e de três inspetores que ele apanhou no caminho, e sumiu em seu automóvel.

— Para Garches... 10 francos de gorjeta!

Um pouco antes do parque de Villeneuve, na esquina da ruela que levava à escola, ele pediu para parar o carro. Jean Doudeville, que o esperava, logo gritou:

— O malandro fugiu pelo outro lado da ruela, há dez minutos!

— Sozinho?

— Não, com a menina.

O sr. Lenormand agarrou Doudeville pelo colarinho:

— Desgraçado! Você o deixou escapar! Mas você tinha de...

— Meu irmão está em seu encalço.

— Grande coisa! Ele vai despistar seu irmão. Ah, vocês dois!

Ele mesmo assumiu a direção do carro e entrou decidido pela ruela, sem se preocupar com trilhos e moitas. Muito rapidamente, foram parar em uma estrada vicinal que os levou a um cruzamento, onde se encontravam cinco vias. Sem hesitar, o sr. Lenormand escolheu a estrada da esquerda, a de Saint-Cucufa. De fato, no alto da encosta que descia para o lago, eles passaram pelo outro irmão Doudeville, que gritou:

— Eles estão na carruagem... a um quilômetro daqui.

O chefe não parou. Jogou o automóvel ladeira abaixo, fez curvas fechadas, contornou o lago e, de repente, soltou uma exclamação de triunfo. No topo de um pequeno morro que se erguia à sua frente, viu a capota de uma carruagem.

Infelizmente, ele havia entrado pela estrada errada e teve de dar marcha a ré.

Quando voltou até o cruzamento, a carruagem ainda estava lá, parada. E, de repente, enquanto manobrava, viu uma mulher saltando da carruagem. Um homem apareceu no estribo. A mulher esticou o braço. Dois tiros soaram.

Ela provavelmente havia mirado mal, pois uma cabeça surgiu do outro lado da capota, e o homem, ao avistar o automóvel, lançou uma forte chicotada em seu cavalo, que partiu a galope. E logo a carruagem sumiu após a curva.

Em poucos segundos, o sr. Lenormand concluiu a manobra, subiu em disparada, ultrapassou a jovem sem parar e, audaciosamente, virou.

Era um caminho pela floresta que descia, abrupto e pedregoso, entre um bosque denso e pelo qual só se conseguia passar muito lentamente, com a maior cautela. Mas não importava! Vinte passos à frente, a carruagem, uma espécie de cabriolé de duas rodas, dançava sobre as pedras, puxada, ou melhor, freada, por um cavalo que andava a passos contados. Não havia mais nada a temer, a fuga era impossível.

E os dois veículos rodaram de cima a baixo, aos solavancos. Por um momento, eles andaram tão próximos um do outro que o sr. Lenormand pensou em pôr os pés no chão e correr junto com seus homens. Mas sentiu o perigo de se frear em uma descida tão íngreme, e continuou, apertando forte o inimigo, como uma presa que se mantém ao alcance da vista e das mãos.

– Isso, chefe... isso! – murmuravam os inspetores, aflitos pelo imprevisto dessa perseguição.

No fim da estrada se iniciava um caminho em direção ao Sena e a Bougival. Uma vez em terreno plano, o cavalo partiu a galope, sem pressa, mantendo-se no meio do caminho.

Um violento esforço sacudiu o automóvel. Em vez de rodar, parecia saltar como um felino e, deslizando ao longo do talude, pronto a romper todos os obstáculos, alcançou a carruagem, emparelhou com ela e a ultrapassou.

O sr. Lenormand praguejou e clamou de raiva... a carruagem estava vazia!

A carruagem estava vazia. O cavalo seguia pacificamente,

com as rédeas sobre o lombo, provavelmente retornando a alguma estrebaria vizinha onde fora alugado para o dia.

Reprimindo sua fúria, o chefe da Segurança disse simplesmente:

– O major deve ter saltado durante os poucos segundos em que perdemos a carruagem de vista, no começo da descida.

– Nós só precisamos vasculhar o bosque, chefe, e temos certeza...

– De que sairemos de mãos abanando. O malandro já está longe, não é desses que se apanham duas vezes no mesmo dia. Ah, diabos!

Eles voltaram para junto da jovem, que encontraram na companhia de Jacques Doudeville, e que não parecia nada afetada pela aventura. O sr. Lenormand, depois de se apresentar, ofereceu-se para levá-la de volta para casa e logo lhe perguntou a respeito do major inglês Parbury. Ela se espantou:

– Ele não é nem major, nem inglês, e tampouco se chama Parbury.

– E como ele se chama?

– Juan Ribeira. Ele é espanhol, e foi encarregado por seu governo de estudar o funcionamento das escolas francesas.

– Certo. Seu nome e sua nacionalidade não têm importância. É ele que estamos procurando. Faz muito tempo que você o conhece?

– Há cerca de quinze dias. Ele tinha ouvido falar em uma escola que fundei em Garches, e se interessou pela minha iniciativa, a ponto de me propor um subsídio anual com uma única condição: que pudesse vir de vez em quando acompanhar o progresso de meus alunos. Eu não tinha o direito de recusar...

– Evidentemente que não, mas era melhor consultar outras pessoas... A senhorita não tem contato com o príncipe Sernine? É um bom conselheiro.

– Ah! Tenho total confiança nele, mas ele está viajando no momento.

– A senhorita não teria seu endereço?

– Não. Além disso, o que eu poderia lhe dizer? Esse senhor se comportava muito bem. Foi somente hoje... mas não sei...

– Por favor, senhorita, fale francamente comigo... Pode confiar em mim também.

– Bem, o sr. Ribeira havia chegado há pouco tempo. Ele me disse que fora enviado por uma senhora francesa que estava de passagem por Bougival, e que essa senhora tinha uma neta cuja educação queria confiar a mim, e que ela me implorava para que eu fosse sem demora. Tudo me pareceu natural. E como hoje é feriado, e o sr. Ribeira havia alugado uma carruagem, que o esperava no fim da estrada, não me opus a embarcar.

– Mas, afinal, qual era o seu objetivo?

Ela enrubesceu e disse:

– Raptar-me, simplesmente. Ao final de meia hora, ele confessou.

– A senhorita não sabe nada sobre ele?

– Não.

– Ele mora em Paris?

– Penso que sim.

– Ele não lhe escreveu? A senhorita não teria algumas linhas escritas por ele à mão, algum objeto esquecido, um indício que possa nos servir?

– Nenhum indício... A não ser... ah, mas isso certamente não tem importância...

– Fale!... fale!... por favor.

– Bem, há dois dias, esse senhor me pediu permissão para

usar a máquina de escrever e compôs – com dificuldades, pois não tinha experiência – uma carta, cujo endereço vi por acaso.
– E qual era esse endereço?
– Ele estava escrevendo para o *Journal*, e colocou dentro do envelope uns vinte selos.
– Sim, provavelmente a seção de classificados pessoais – disse Lenormand.
– Tenho a edição de hoje, chefe – disse Gourel.
O sr. Lenormand abriu a folha e consultou a oitava página. Após um instante, teve um sobressalto. Ele havia lido a seguinte frase, redigida com as abreviações de costume:

Informamos a qualquer pessoa que conheça o sr. Steinweg que gostaríamos de saber se ele está em Paris, e seu endereço. Favor responder através desta seção.

– Steinweg! – exclamou Gourel. – Mas é justamente o indivíduo que Dieuzy nos trouxe.
"Sim, sim," pensou o sr. Lenormand consigo mesmo, "é o homem cuja carta para Kesselbach interceptei, o homem que o lançou na pista de Pierre Leduc... Então quer dizer que eles também precisam de informações sobre Pierre Leduc e seu passado... Eles também estão no escuro..."
Esfregou as mãos: Steinweg estava à sua disposição. Em menos de uma hora, Steinweg falaria. Em menos de uma hora, o véu das trevas que o oprimia e que fazia do caso Kesselbach o mais angustiante e o mais impenetrável dentre os que ele procurara solucionar, esse véu seria rasgado.

O sr. Lenormand sucumbe

1

ÀS 6 HORAS DA TARDE, O SR. LENORMAND ENTRAVA EM SEU gabinete na delegacia de polícia, e logo mandou chamar Dieuzy.
– Seu homem está aí?
– Está.
– O quanto você avançou com ele?
– Não muito. Ele não diz palavra. Eu lhe disse que, de acordo com um novo decreto, os estrangeiros eram obrigados a fazer uma declaração de estadia na polícia, e o conduzi até a sala de seu secretário.
– Vou interrogá-lo.
Mas nesse momento entrou um rapaz.
– Chefe, tem uma senhora pedindo para lhe falar imediatamente.
– Seu cartão?
– Está aqui.
– É a sra. Kesselbach! Peça para ela entrar.
Ele mesmo foi ao encontro da jovem senhora e a convidou para se sentar. Ela tinha o mesmo olhar desolado, aspecto doentio e aquele ar de extremo cansaço que revelava o infortúnio de sua vida.
Estendeu-lhe um exemplar do *Journal*, apontando na seção de classificados pessoais a linha que falava do sr. Steinweg.

— O tio Steinweg era amigo do meu marido — ela disse — e não duvido que ele saiba de muitas coisas.

— Dieuzy — disse Lenormand —, traga a pessoa que está esperando... Sua visita, senhora, não terá sido em vão. Eu só peço que não diga nenhuma palavra quando essa pessoa entrar.

A porta se abriu. Um homem apareceu, um velho de barba branca, rosto marcado de rugas profundas, pobremente vestido e com o ar perseguido dos miseráveis que rodam o mundo em busca da comida de cada dia.

Ele permaneceu na soleira da porta, piscando; olhou para o sr. Lenormand, parecendo constrangido pelo silêncio que o recebia, e girava o chapéu entre as mãos com acanhamento.

Mas, de repente, ele pareceu atônito, seus olhos se arregalaram e ele gaguejou:

— Senhora... sra. Kesselbach!

Ele havia visto a jovem. Tranquilizado, sorrindo, sem mais timidez, aproximou-se dela com um forte sotaque:

— Ah! Estou contente... enfim! Pensei que nunca mais... fiquei surpreso... de não receber notícias... nenhum telegrama... E como vai o bom Rudolf Kesselbach?

A jovem senhora recuou, como se tivesse levado um tapa, desabou em uma cadeira e começou a chorar.

— O que foi? O que houve?... — perguntou Steinweg.

O sr. Lenormand logo interveio.

— Estou vendo que o senhor ignora certos acontecimentos que ocorreram recentemente. Esteve viajando por muito tempo?

— Sim, três meses... Eu havia voltado às minas. Depois retornei para a Cidade do Cabo, de onde escrevi para o Rudolf. Mas no caminho aceitei um trabalho em Porto Saíde. O Rudolf recebeu minha carta, imagino?

— Ele não está. Eu explicarei a razão dessa ausência. Mas,

antes, tem um ponto sobre o qual gostaríamos de algumas informações. Trata-se de um personagem que o senhor conheceu e menciona em suas conversas com o sr. Kesselbach, pelo nome de Pierre Leduc...
– Pierre Leduc! O quê! Quem lhe contou?
O velho ficou transtornado.
Ele gaguejou novamente:
– Quem lhe contou? Quem lhe revelou?
– O sr. Kesselbach.
– Jamais! Foi um segredo que confiei a ele, e Rudolf guarda seus segredos... sobretudo esse...
– No entanto, é imprescindível que o senhor nos responda. Estamos no momento fazendo uma investigação sobre Pierre Leduc, que deve ser concluída sem demora, e somente o senhor pode nos esclarecer, uma vez que o sr. Kesselbach não está mais aqui.
– Bem, que seja – exclamou Steinweg, parecendo se decidir. – Do que vocês precisam?
– O senhor conhece Pierre Leduc?
– Nunca o vi, mas há muito tempo detenho um segredo que diz respeito a ele. Após alguns incidentes, que não preciso relatar, e graças a uma série de acasos, estou convicto de que o homem cuja descoberta me interessava vivia em Paris de forma dissoluta, sob o nome de Pierre Leduc, que, aliás, não era seu verdadeiro nome.
– Mas ele conhece seu verdadeiro nome?
– Creio que sim.
– E o senhor?
– Eu conheço.
– Bem, então nos diga.
Ele hesitou, depois disse violentamente:

– Não posso... não posso...
– Mas por quê?
– Não tenho esse direito. O segredo está todo ali. Ora, quando revelei esse segredo ao Rudolf, ele lhe deu tanta importância que me pagou uma grande soma em dinheiro para comprar meu silêncio, e me prometeu uma fortuna, uma verdadeira fortuna, para o dia em que conseguisse encontrar Pierre Leduc e tirar proveito do segredo.

Sorriu amargamente:

– A grande soma de dinheiro já foi perdida. Eu vim ter notícias de minha fortuna.

– O sr. Kesselbach está morto – disse o chefe da Segurança.

Steinweg sobressaltou-se.

– Morto! Será possível? Não, só pode ser uma armadilha! Sra. Kesselbach, isso é verdade?

Ela abaixou a cabeça.

Steinweg pareceu arrasado por essa revelação inesperada e também tomado por uma dor profunda, pois começou a chorar.

– Meu pobre Rudolf, eu o conhecia desde pequeno... ele vinha brincar comigo em Augsburgo... gostava muito dele. E, invocando o testemunho da sra. Kesselbach:

– E ele também gostava de mim, não é, senhora? Ele deve ter lhe dito... seu tio Steinweg, como ele me chamava.

O sr. Lenormand aproximou-se dele e, com a voz mais clara possível, disse:

– Escute. O sr. Kesselbach morreu assassinado... Calma... gritos não adiantam de nada... Ele morreu assassinado, e todas as circunstâncias do crime provam que o culpado estava a par desse famoso projeto. Haveria algo na natureza desse projeto que lhe permitiria adivinhar...?

Steinweg continuava atônito. Ele gaguejou:

– Foi culpa minha... Se eu não o tivesse colocado nesse caminho...

A sra. Kesselbach avançou, suplicante.

– O senhor acha... o senhor tem alguma ideia... Ah, eu lhe suplico, Steinweg!

– Não faço ideia... não pensei a respeito – ele murmurou. – Preciso pensar.

– Pense no círculo do sr. Kesselbach – disse-lhe Lenormand. – Ninguém esteve junto em suas conversas? Ele mesmo não poderia ter contado para alguém?

– A ninguém.

– Pense bem.

Dolores e o sr. Lenormand, ambos debruçados sobre ele, esperavam ansiosamente por sua resposta.

– Não – disse. – Não consigo pensar em ninguém...

– Pense direito... – insistiu o chefe da Segurança. – O nome e o sobrenome do assassino têm como iniciais as letras L e M.

– Um L... – repetiu – não consigo... um L... um M...

– Sim, as letras estão em ouro e marcam a quina de uma cigarreira que pertence ao assassino.

– Uma cigarreira? – perguntou Steinweg, tentando puxar pela memória.

– Em aço escovado... e um dos compartimentos internos está dividido em duas partes, a menor para a seda e a outra para o tabaco...

– Em duas partes, em duas partes – repetia Steinweg, cujas lembranças pareciam despertar com esse detalhe. – Poderia me mostrar esse objeto?

– É esta aqui, ou melhor, esta é uma reprodução exata – disse Lenormand, dando-lhe uma cigarreira.

– Hein? O quê?... – disse Steinweg, pegando a cigarreira.

Ele a contemplou atônito, examinou-a, virou-a de todos

os lados e de repente soltou um grito, o grito de um homem atingido por uma ideia horrível. E permaneceu assim, lívido, com as mãos tremendo e os olhos arregalados.

– Fale, fale logo! – ordenou o sr. Lenormand.

– Ah! – disse ele, como se cego pela luz. – Tudo se explica...

– Fale, fale logo...

Ele afastou-se dos dois, caminhou até as janelas cambaleando, depois voltou e correu até o chefe da Segurança:

– Senhor, senhor... o assassino do Rudolf, vou lhe dizer quem é... Bem...

Interrompeu-se.

– E...? – perguntaram os outros.

Um minuto de silêncio. Na grande paz do escritório, entre aquelas paredes que tantas confissões tinham ouvido, tantas acusações, soaria o nome do abominável criminoso? O sr. Lenormand sentia como se estivesse à beira de um abismo misterioso, e que uma voz subia, subia até ele... Mais alguns segundos e ele saberia...

– Não – murmurou Steinweg. – Não, não posso...

– O que está dizendo? – exclamou o chefe da Segurança, furioso.

– Estou dizendo que não posso.

– Mas o senhor não tem o direito de se calar! A justiça exige que fale.

– Amanhã eu falarei, amanhã... preciso pensar... Amanhã lhe direi tudo o que sei a respeito de Pierre Leduc... tudo o que suponho a respeito dessa cigarreira... Amanhã, prometo.

Era possível sentir nele uma espécie de obstinação refratária aos esforços mais enérgicos. O sr. Lenormand cedeu.

– Está certo. Eu lhe dou até amanhã, mas já alerto que, se amanhã o senhor não falar, serei obrigado a avisar o juiz de instrução.

Ele tocou a campainha e chamou o inspetor Dieuzy de lado:
– Acompanhe-o até seu hotel... e fique por lá... vou lhe enviar dois colegas... E, sobretudo, fique atento. Poderão tentar tirá-lo de nós.

O inspetor levou Steinweg embora, e o sr. Lenormand, voltando para a sra. Kesselbach, que ficara extremamente tocada por essa cena, se desculpou:

– Sinto muito, senhora... entendo como a senhora deve estar se sentindo.

Interrogou-a sobre a época em que o sr. Kesselbach travara relações com o velho Steinweg e a duração dessa relação. Mas ela estava tão cansada, que ele não insistiu.

– Devo voltar amanhã? – ela perguntou.

– Não, não. Eu a manterei a par de tudo o que for dito por Steinweg. Permita-me acompanhá-la até sua carruagem... Esses três andares são muito difíceis de descer.

Ele abriu a porta e a deixou passar. No mesmo momento, ouviram-se exclamações no corredor, para onde correram inspetores de serviço, contínuos...

– Chefe! Chefe!
– O que foi?
– Dieuzy!
– Mas ele acabou de sair...
– Foi encontrado na escadaria.
– Morto?
– Não, em choque, desmaiado...
– Mas e o homem?... o homem que estava com ele?... o velho Steinweg?...
– Desapareceu...
– Diabos!...

2

Lançou-se pelo corredor, desceu a escada correndo e, no meio de um grupo de pessoas que cuidavam dele, encontrou Dieuzy estendido no patamar do primeiro andar.

Ele viu Gourel subindo.

– Ah! Gourel, você veio lá de baixo? Encontrou alguém?

– Não, chefe...

Mas Dieuzy voltava a si, e mal seus olhos se abriram, ele resmungou:

– Aqui, no patamar, a portinha...

– Ah, diacho, a porta da sétima câmara[2]! – exclamou o chefe da Segurança. – Mas eu havia mandado trancarem à chave... Era certo que cedo ou tarde...

Ele correu para a maçaneta.

– Ah, meu Deus! Agora está trancado do outro lado com o ferrolho.

A porta era parcialmente envidraçada. Com a coronha do revólver, quebrou um dos vidros, puxou o ferrolho e disse a Gourel:

– Corra por aqui até a saída da Place Dauphine...

E, voltando a Dieuzy:

– Vamos, Dieuzy, fale. Como você se deixou colocar nesse estado?

---

2. Desde que o senhor Lenormand deixou a Segurança, dois malfeitores fugiram pela mesma porta, depois de se livrarem dos agentes que os escoltavam. A polícia abafou essa fuga dupla. Então, já que essa passagem é indispensável, por que não retiram do outro lado a inútil tranca que permite que o fugitivo interrompa qualquer perseguição e fuja tranquilamente pelo corredor da sétima câmara civil e pela galeria da presidência do tribunal?

– Um murro, chefe...

– Um murro daquele velho? Mas ele mal consegue se manter em pé...

– Não do velho, chefe, mas de um outro que estava no corredor enquanto Steinweg falava com o senhor, e que nos seguiu como se também estivesse de saída... Chegando lá, ele perguntou se eu tinha fogo... Procurei minha caixa de fósforos... Então ele aproveitou para desferir um murro no meu estômago... Eu caí e, ao cair, tive a impressão de que ele abriu essa porta e puxou o velho...

– Você conseguiria reconhecê-lo?

– Sim, chefe... um rapaz forte, de pele escura... alguém do Sul, com certeza...

– Ribeira... – chiou o sr. Lenormand. – Sempre ele! Ribeira, também conhecido como Parbury. Ah, esse escroque, que audácia! Ele tinha medo do velho Steinweg... veio apanhá-lo bem aqui, debaixo do meu nariz!

E, batendo o pé com raiva:

– Mas, diacho, como ele soube que Steinweg estava aqui? Bandido! Não faz nem quatro horas que eu o persegui pelos bosques de Saint-Cucufa, e agora ele está aqui...! Como ele soube? Ele vive na minha pele?

Foi tomado por um desses acessos de devaneio em que parecia não ouvir nem ver mais nada.

A sra. Kesselbach, que passava nesse momento, o cumprimentou sem que ele respondesse.

Mas um ruído de passos no corredor o arrancou de seu torpor.

– Finalmente! É você, Gourel?...

– Sou eu, chefe – disse Gourel, recuperando o fôlego. – Eles estavam em dois. Seguiram por esse caminho e saíram pela Place Dauphine. Um automóvel os esperava. Dentro havia duas pessoas, um homem vestido de preto com um chapéu mole puxado sobre os olhos...

– É ele – murmurou o sr. Lenormand. – É o assassino, cúmplice do Ribeira-Parbury. E a outra pessoa?

– Era uma mulher. Uma mulher sem chapéu, talvez uma empregada... e bonita, aparentemente, ruiva.

– Hein? O quê? Você disse ruiva?

– Isso.

O sr. Lenormand virou-se com um salto, desceu a escada, quatro degraus por vez, atravessou os pátios e foi parar na Quai des Orfèvres.

– Pare! – gritou.

Uma vitória puxada por dois cavalos se afastava.

Era a carruagem da sra. Kesselbach. O cocheiro ouviu e parou. O sr. Lenormand subiu sem demora no estribo:

– Mil perdões, senhora, mas sua ajuda me é indispensável. Pedirei permissão para acompanhá-la... Mas precisamos agir rapidamente. Gourel, meu automóvel... Você o mandou de volta? Então arrume um outro qualquer, não importa...

Cada um correu para um lado. Mas passaram-se dez minutos até que trouxessem um carro de aluguel. O sr. Lenormand fervia de impaciência. A sra. Kesselbach, de pé na calçada, cambaleava, com seu frasco de sais na mão.

Por fim, todos se sentaram.

– Gourel, sente-se ao lado do motorista e vá direto para Garches.

– Para minha casa? – perguntou Dolores, perplexa.

Ele não respondeu. Mostrou-se na portinhola e, agitando sua credencial, identificou-se para os agentes que controlavam a circulação nas ruas. Por fim, quando chegaram a Cours la Reine, ele se sentou e disse:

– Eu lhe suplico, senhora, que responda claramente às minhas perguntas. A senhora viu a srta. Geneviève Ernemont, por volta das 4 horas?
– Geneviève... sim... estava me vestindo para sair.
– Foi ela que lhe falou a respeito da inserção relativa a Steinweg no *Journal*?
– Foi.
– E foi então que a senhora veio me procurar?
– Isso.
– A senhora estava sozinha durante a visita da srta. Ernemont?
– Sinceramente... não sei... Por quê?
– Tente se lembrar. Uma de suas camareiras estava lá?
– Talvez... como eu estava me trocando...
– Qual é o nome delas?
– Suzanne... e Gertrude.
– Uma delas é ruiva, certo?
– Sim, a Gertrude.
– A senhora a conhece há muito tempo?
– Sua irmã sempre trabalhou para mim... e Gertrude está comigo há anos... É a dedicação e a honestidade em pessoa...
– Em suma, a senhora põe sua mão no fogo por ela?
– Ah, certamente!
– Ainda bem... ainda bem!

Eram 7h30, e a luz do dia começava a esmaecer quando o automóvel chegou à frente da casa de repouso. Sem se preocupar com sua companhia, o chefe da Segurança correu até a zeladoria.

– A criada da sra. Kesselbach acaba de chegar, não?
– Que criada?
– Gertrude, uma das irmãs.
– Mas a Gertrude não deve ter saído, senhor. Não a vimos sair.

– Mas alguém acaba de chegar.

– Ah, não, senhor. Não abrimos a porta para ninguém desde... desde as 6 horas da tarde.

– Não há nenhuma outra saída além dessa porta?

– Nenhuma. Os muros cercam a propriedade por todos os lados, e são altos.

– Sra. Kesselbach – disse o sr. Lenormand à sua companheira –, vamos até sua casa.

Saíram todos os três. A sra. Kesselbach, que não tinha a chave, tocou a campainha. Foi Suzanne, a outra irmã, que apareceu.

– A Gertrude está? – perguntou a sra. Kesselbach.

– Claro, senhora, está no quarto.

– Vá chamá-la, senhorita – ordenou o chefe da Segurança.

Gertrude desceu um instante depois, afável e graciosa com seu avental branco ornado de bordados. Ela tinha um rosto bastante bonito, de fato, emoldurado por cabelos ruivos.

O sr. Lenormand a olhou demoradamente sem nada dizer, como se tentasse penetrar para além daqueles olhos inocentes. Não a interrogou. Um minuto depois, ele disse simplesmente:

– Muito bem senhorita, agradeço. Vamos, Gourel?

Ele saiu com o sargento e, seguindo as alamedas escuras do jardim, disse:

– É ela.

– O senhor acha, chefe? Ela parece tão tranquila.

– Tranquila demais. Qualquer outra pessoa estaria atordoada, teria me perguntado o porquê da convocação. Mas ela, nada. Nada além de um rosto determinado a sorrir a qualquer custo. Só que vi uma gota de suor escorrendo de sua têmpora junto da orelha.

– E daí?

– E daí que está tudo claro. Gertrude é cúmplice dos dois bandidos que manobram o caso Kesselbach, seja para surpreender e para executar o famoso projeto, seja para captar os milhões da viúva. Provavelmente a outra irmã também faz parte do complô. Por volta das 4 horas, Gertrude, ao descobrir que eu sabia do anúncio do *Journal* e que ainda por cima tinha encontro marcado com Steinweg, aproveitou-se da saída de sua patroa, correu para Paris, encontrou Ribeira e o homem de chapéu mole, e os arrastou até o Palácio de Justiça, onde Ribeira confiscou o sr. Steinweg para seus próprios interesses.

Ele refletiu e concluiu:

– Tudo isso nos prova: primeiro, a importância que eles atribuem à Steinweg e o medo que suas revelações inspiram; segundo, que uma verdadeira conspiração está sendo urdida em torno da sra. Kesselbach; terceiro, que não tenho tempo a perder, pois a conspiração está em andamento.

– Certo – disse Gourel –, mas ainda há algo sem explicação. Como Gertrude conseguiu sair do jardim onde nós estamos e voltar sem que os zeladores a vissem?

– Através de uma passagem secreta, que os bandidos devem ter aberto recentemente.

– E que provavelmente terminaria na casa da sra. Kesselbach? – perguntou Gourel.

– Sim, talvez... – disse o sr. Lenormand – talvez... Mas tenho outra ideia...

Seguiram a extensão do muro. A noite estava clara e, embora não fosse possível discernir as duas silhuetas, eles enxergavam o suficiente para examinar as pedras das muralhas e assegurar-se de que nenhuma brecha, por mais hábil que fosse, havia sido aberta.

– Uma escada, provavelmente?... – insinuou Gourel.

– Não, pois Gertrude consegue passar em plena luz do dia. Uma comunicação do tipo evidentemente não poderia desembocar do lado de fora. É necessário que o orifício esteja escondido em alguma construção já existente.

– Há somente quatro casas – objetou Gourel –, e elas estão todas habitadas.

– Perdão, a terceira casa, o Pavilhão Hortênsia, não está habitado.

– Quem disse?

– O zelador. Por medo do barulho, a sra. Kesselbach alugou essa casa, que é próxima da sua. Quem sabe se, ao agir assim, ela não sofreu influência de Gertrude?

Deu a volta na casa. As janelas estavam fechadas. Por via das dúvidas, levantou o trinco da porta. Ela se abriu.

–Ah, Gourel! Acho que conseguimos. Vamos entrar. Acenda sua lanterna... Ah! Um vestíbulo, sala de estar, sala de jantar... não serve de nada. Deve ter um subsolo, pois a cozinha não fica neste andar.

– Por aqui, chefe... a escada de serviço é aqui.

Eles desceram, de fato, para uma cozinha bastante ampla e entulhada de cadeiras de jardim e guaritas de junco. Uma lavanderia, que também servia de despensa, apresentava a mesma bagunça de objetos empilhados uns sobre os outros.

– O que é aquilo brilhando ali, chefe?

Gourel abaixou-se e apanhou um alfinete de cobre com cabeça de imitação de pérola.

– A pérola continua bem brilhante – disse Lenormand –, o que não aconteceria se ela tivesse permanecido por muito tempo dentro deste porão. Gertrude passou por aqui, Gourel.

Gourel pôs-se a desfazer um amontoado de barricas vazias, estantes e mesas bambas.

– Está perdendo seu tempo, Gourel. Se a passagem estivesse aí, como teriam tempo, primeiro de mover todos esses objetos, e depois de recolocá-los atrás de si? Veja, aqui tem uma janela quebrada sem nenhum motivo para estar pregada na parede. Abra.

Gourel obedeceu. Atrás da janela, a parede estava oca. Com a iluminação da lanterna, viram uma passagem subterrânea para baixo.

3

– Eu estava certo – disse o sr. Lenormand. – É uma ligação recente. Veja só como foi um trabalho feito às pressas e para uso provisório... Sem alvenaria. Duas tábuas cruzadas e um barrote à guisa de teto, e só. Não muito firme, mas o suficiente para o intuito buscado, ou seja...

– O que isso quer dizer, chefe?

– Bem, primeiro para permitir as idas e vindas entre Gertrude e seus cúmplices... depois, algum dia, um dia próximo, para o rapto, ou melhor, o sumiço milagroso e inexplicável da sra. Kesselbach.

Eles avançavam com precaução, para não esbarrar em nenhuma viga, cuja solidez não parecia inabalável. À primeira vista, a extensão do túnel era muito superior aos cinquenta metros, no máximo, que separavam a casa dos limites do jardim. Portanto, ele devia terminar bem longe dos muros, e para além de um caminho que acompanhava a propriedade.

– Não estamos indo para os lados de Villeneuve e do lago, por aqui? – perguntou Gourel.

– Não, pelo contrário – afirmou o sr. Lenormand.

O túnel descia em uma leve inclinação. Um degrau, mais outro, e viraram à direita. Nesse momento, toparam com uma porta que estava embutida em uma guarnição de pedras cuidadosamente cimentadas. O sr. Lenormand a empurrou e ela se abriu.

– Um segundo, Gourel – disse ele, parando. – Vamos refletir... talvez fosse melhor dar meia-volta.

– E por quê?

– Precisamos pensar que Ribeira previu o perigo, e supor que ele tenha tomado suas precauções para o caso de a passagem subterrânea ser descoberta. Ora, ele sabe que nós vasculhamos o jardim, e provavelmente nos viu entrando nesta casa. Quem garante que não esteja nos armando uma cilada?

– Estamos em dois, chefe.

– E se eles estiverem em vinte?

Ele olhou. A passagem subterrânea subia na direção da outra porta, a cinco ou seis metros de distância.

– Vamos até ali – disse. – Depois veremos.

Ele passou, seguido de Gourel, a quem recomendou que deixasse a porta aberta, e caminhou até a outra porta, prometendo a si mesmo não ir além. Mas a porta estava fechada e, embora a fechadura parecesse funcionar, não conseguiu abrir.

– Está trancada – disse. – Não façamos barulho e vamos voltar. Assim que estivermos do lado de fora, podemos seguir a orientação da galeria para determinar a direção de onde procurar a outra saída da passagem subterrânea.

Então fizeram o caminho contrário de volta para a primeira porta, quando Gourel, que andava na frente, soltou uma exclamação de surpresa:

– Mas está fechada!...

– Como? Mas eu lhe disse para deixar aberta.

– Eu deixei aberta, chefe, deve ter fechado sozinha.

– Impossível! Teríamos ouvido o barulho.

– E agora?...

– Agora... agora... eu não sei...

Ele se aproximou.

– Vejamos... tem uma chave... está girando. Mas do outro lado deve ter uma tranca.

– Quem teria trancado?

– Eles, oras! Atrás de nós. Talvez tenha outra galeria paralela a esta... ou então estavam nesta casa vazia... Enfim, fomos pegos na armadilha.

Ele obstinou-se com a fechadura, introduziu sua faca na fenda, tentou de todos os jeitos e, em um momento de abatimento, disse:

– Não há nada a fazer!

– Como, chefe, não há o que fazer? Então estamos perdidos?

– Sinceramente... – disse.

Voltaram para a outra porta, depois voltaram à primeira. As duas eram maciças, em madeira dura, reforçadas por traves... em suma, indestrutíveis.

– Seria necessário um machado... – disse o chefe da Segurança. – Ou pelo menos uma ferramenta sólida... ou até mesmo uma faca melhor, com a qual tentaríamos cortar o provável lugar da tranca... E não temos nada.

Teve um acesso súbito de raiva e arremeteu contra o obstáculo, como se esperasse aniquilá-lo. Depois, impotente, derrotado, disse a Gourel:

– Escute, veremos isso daqui a uma ou duas horas... Estou exausto... vou dormir... Enquanto isso, fique de vigília... e se vierem nos atacar...

– Ah! Se vierem, estaremos salvos, chefe... – exclamou Gourel, que ficaria aliviado com uma briga, por mais desigual que fosse.

O sr. Lenormand deitou-se no chão. Em um minuto, já adormecia.

Quando despertou, ficou confuso por alguns segundos,

sem compreender, e perguntava-se também que espécie de dor era aquela que o atormentava.

– Gourel... – chamou. – Ei, Gourel!

Como não obteve resposta, acendeu sua lanterna e percebeu Gourel ao seu lado, dormindo profundamente.

"Mas que dor é essa que eu sinto?...", pensou. "Verdadeiras pontadas... Ah, devo estar com fome! É isso! Estou simplesmente faminto! Mas que horas são?"

Seu relógio marcava 7h20, mas lembrou-se de que não havia dado corda. O relógio de Gourel também não funcionava.

No entanto, como este também despertou com dor no estômago, eles estimaram que a hora do almoço já devia ter passado havia muito tempo, e que já haviam dormido parte do dia.

– Minhas pernas estão dormentes... – declarou Gourel. – E é como se meus pés estivessem no gelo... que sensação estranha!

Fez menção de esfregar os pés e continuou:

– Ora, mas não era no gelo que meus pés estavam, e sim na água... Veja, chefe... Do lado da primeira porta está alagado...

– Infiltrações – respondeu o sr. Lenormand. – Vamos subir de volta para a segunda porta e você pode se secar...

– Mas o que o senhor está fazendo, chefe?

– Acha que vou deixar que me enterrem vivo neste jazigo? Ah, não, ainda não tenho idade para isso... Já que as duas portas estão fechadas, vamos tentar atravessar as paredes.

Uma por uma, ele foi soltando as pedras salientes que conseguia alcançar, na esperança de abrir outra galeria que subisse até o nível do chão. Mas o trabalho era longo e árduo, pois nessa parte do túnel as pedras estavam cimentadas.

– Chefe... chefe... – gaguejou Gourel, com uma voz sufocada.

– O que foi?

– O senhor está com os pés na água.

– Veja só... estou mesmo... bem, o que posso fazer?... vamos nos secar ao sol.
– Mas o senhor não vê?
– O quê?
– Está subindo, chefe, está subindo...
– O que está subindo?
– A água...

O sr. Lenormand sentiu um arrepio correr pela pele. De repente, entendeu. Não eram infiltrações fortuitas, mas sim uma inundação cuidadosamente preparada e que se produzia mecanicamente, irrepressível, por algum sistema infernal.

– Ah, aquele canalha!.. – chiou. – Se algum dia eu puser as mãos nele!

– Sim, sim, chefe, mas precisamos primeiro sair daqui, e para mim...

Gourel parecia completamente abatido, sem condições de ter qualquer ideia ou de propor um plano.

O sr. Lenormand ajoelhou-se no chão e começou a calcular a velocidade da elevação da água. Um quarto da primeira porta já estava quase coberto, e a água estava na metade do caminho rumo à segunda porta.

– Está avançando de forma lenta, mas ininterrupta – disse. – Daqui a algumas horas estará por cima de nossas cabeças.

– Mas isso é terrível, chefe! Que horror! – resmungou Gourel.

– Ah, não me aborreça com suas lamúrias, hein? Chore se quiser, mas que eu não o ouça.

– É a fome que está me deixando fraco, chefe. Minha cabeça está rodando.

– Coma sua mão.

Como dizia Gourel, a situação era terrível, e se o sr. Lenormand tivesse tido menos energia, teria abandonado uma luta tão vã. O que fazer? Não poderiam esperar que Ribeira fizesse a caridade de deixá-los sair. Tampouco esperariam que os irmãos Doudeville pudessem socorrê-los, uma vez que os inspetores não sabiam da existência desse túnel.

Então, não restava nenhuma esperança... nenhuma esperança que não fosse um milagre impossível...

– Ora, vamos – repetia o sr. Lenormand. – É estúpido demais, não podemos morrer aqui! Mas que diabos! Deve ter alguma coisa... ilumine aqui, Gourel.

Colado contra a segunda porta, ele a examinou de cima a baixo, em todos os cantos. Havia daquele lado, assim como provavelmente do outro lado, um ferrolho, um enorme ferrolho. Com a lâmina da faca, ele desenroscou o parafuso e o ferrolho soltou-se.

– E agora? – perguntou Gourel.

– Agora – disse –, bem, esse ferrolho é de ferro, bastante longo, quase pontudo... é verdade que não chega a ser uma picareta, mas ainda assim é melhor que nada... e...

Sem terminar a frase, cravou o instrumento na parede da galeria, um pouco à frente do pilar de alvenaria que sustentava as dobradiças da porta. Como esperado, uma vez que atravessou a primeira camada de cimento e pedras, ele encontrou a terra mole.

– Ao trabalho! – exclamou.

– Eu quero ajudar, chefe, mas pode me explicar...

– É muito simples: a ideia é escavar em torno deste pilar uma passagem com três ou quatro metros de extensão, que se juntará ao túnel do outro lado da porta, e nos permitirá sair.

– Mas isso levará horas, e nesse meio-tempo a água vai subir.

– Ilumine aqui, Gourel.

A ideia do sr. Lenormand era boa e, com um pouco de esforço, puxando para si e jogando para dentro do túnel a terra que ele atacava com o instrumento, ele não demorou a abrir um buraco grande o suficiente para eles passarem.

– Minha vez, chefe! – disse Gourel.

– Ah, está voltando à vida? Muito bem, trabalhe... é só seguir o contorno da pilastra.

Nesse momento, a água chegava à altura dos tornozelos. Teriam eles tempo de terminar o trabalho que haviam começado? À medida que avançavam, o trabalho se tornava mais difícil, pois a terra retirada os estorvava ainda mais, e, deitados de bruços na passagem, eram obrigados a todo instante remover o entulho.

Ao fim de duas horas, haviam feito cerca de três quartos do trabalho, mas a água cobria suas pernas. Mais uma hora e ela chegaria ao orifício do buraco que eles cavavam.

Dessa vez, seria o fim.

Gourel, exausto pela fome, e corpulento demais para ir e vir por esse corredor cada vez mais estreito, teve de desistir. Ele não se mexia mais, tremendo de angústia ao sentir essa água gelada que o sepultava vagarosamente.

Já o sr. Lenormand trabalhava com fervor incansável. Era uma tarefa terrível, um trabalho de formiga realizado em uma escuridão abafada.

Suas mãos sangravam. Estava fraco de fome. Respirava mal um ar insuficiente e, de vez em quando, os suspiros de Gourel o lembravam do horrível perigo que o ameaçava no fundo de seu buraco.

Mas nada conseguia desencorajá-lo, pois agora ele via diante de si as pedras cimentadas que compunham a parede do túnel.

Era a parte mais difícil, mas estavam perto do fim.

– Está subindo! – exclamou Gourel, com uma voz sufocada. – Está subindo!

O sr. Lenormand redobrou os esforços. De repente, a haste do ferrolho que ele usava caiu no vazio. Estava feito o buraco. Só precisavam alargá-lo, o que se tornara muito mais fácil agora que ele podia jogar os resíduos para frente.

Gourel, apavorado, uivava como um animal agonizante. Lenormand não se perturbou com aquilo. A salvação estava ao alcance de sua mão.

Contudo, teve alguns segundos de ansiedade ao constatar, ouvindo o barulho dos resíduos que caíam, que essa parte do túnel também estava cheia d'água – o que era natural, uma vez que a porta não constituía um dique suficientemente hermético. Mas não importava! A saída estava livre... mais um último esforço... e ele passou.

– Venha, Gourel! – exclamou, voltando para buscar seu companheiro.

E o puxou, semimorto, pelos pulsos.

– Vamos, mexa-se, seu pateta, estamos salvos!

– O senhor acha, chefe? O senhor acha? Estamos com água até o peito...

– Contanto que não passe de nossa boca... E sua lanterna?

– Parou de funcionar.

– Paciência.

Soltou uma exclamação de alegria:

– Um degrau... dois degraus...! Uma escada... finalmente!

Saíram da água, daquela água maldita que quase os engolira, e foi uma sensação deliciosa, de exaltação pela liberdade.

– Pare – murmurou o sr. Lenormand.

Sua cabeça havia batido em alguma coisa. Com os braços estendidos, ele se apoiou contra o obstáculo, que logo cedeu. Era a tampa de um alçapão, que uma vez aberto deu acesso a um porão onde penetrava, através de um respiradouro, a claridade da lua.

Lenormand escancarou a porta e escalou os últimos degraus. Nesse momento, foi coberto por um véu e agarrado. Sentiu-se envolvido por uma manta, uma espécie de saco, e depois atado por cordas.

– Agora o outro – disse uma voz.

Executaram a mesma operação com Gourel, e a mesma voz disse:

– Se eles gritarem, podem matá-los na hora. Está com seu punhal?

– Estou.

– Vamos andando. Vocês dois, peguem este daqui... vocês dois, levem aquele... Sem luzes, e sem barulho também... Seria fatal! Estão vasculhando o jardim ao lado desde a manhã de hoje... são dez ou quinze deles. Volte para a casa, Gertrude, e se houver qualquer coisa, telefone para mim em Paris.

O sr. Lenormand teve a impressão de ser carregado e, um instante depois, de que estavam do lado de fora.

– Traga a carroça – disse a voz.

O sr. Lenormand ouviu o barulho de uma carruagem e de um cavalo. Em seguida, colocaram-no deitado em cima de tábuas.

Gourel foi içado para perto dele. O cavalo partiu a galope.

O trajeto demorou cerca de meia hora.

– Pare! – ordenou a voz. – Desçam-nos.

Ei! Condutor, vire a carroça de modo que a traseira encoste no parapeito da ponte... Ótimo... Algum barco no Sena? Não? Então, não percamos tempo... Ah, amarraram pedras neles?

– Sim, paralelepípedos.

– Nesse caso, podem ir em frente. Encomende sua alma a Deus, sr. Lenormand, e reze por mim, Parbury-Ribeira, mais conhecido pelo nome de barão Altenheim. É isso? Tudo pronto? Bem, então boa viagem, sr. Lenormand!

813 – A vida dupla de Arsène Lupin

Lenormand foi colocado sobre o parapeito e empurrado. Sentiu que caía no vazio, e ainda ouviu a voz que zombava:
– Boa viagem!
Dez segundos depois, era a vez do sargento Gourel.

Parbury-Ribeira-Altenheim

1

AS MENINAS BRINCAVAM NO JARDIM, SOB O OLHAR DA SRTA. Charlotte, nova assistente de Geneviève. A sra. Ernemont distribuiu bolinhos, depois voltou para o cômodo que servia de sala de estar e sala de visitas, instalou-se em frente a uma escrivaninha e pôs-se a arrumar papéis e registros.

De repente, sentiu a presença de um estranho no cômodo. Preocupada, ela se virou.

– Você!... – exclamou. – De onde você veio? Por onde...?

– Psiu! – disse o príncipe Sernine. – Ouça-me, não podemos perder nenhum minuto. Onde está Geneviève?

– Foi visitar a sra. Kesselbach.

– Ela vai voltar?

– Só daqui a uma hora.

– Então pedirei para virem os irmãos Doudeville. Tenho um encontro marcado com eles. Como está a Geneviève?

– Muito bem.

– Quantas vezes ela viu Pierre Leduc desde que fui embora, há dez dias?

– Três vezes, e deve encontrá-lo novamente hoje na casa da sra. Kesselbach, a quem ela o apresentou, segundo ordens suas. Mas devo lhe dizer que esse Pierre Leduc não me inspira grande coisa. Geneviève precisaria conhecer algum bom rapaz de sua classe. Como um professor, por exemplo.

– Está louca? Geneviève, casar-se com um professor de escola?
– Ah, se você pensasse primeiro na felicidade de Geneviève...
– Ora bolas, Victoire. Você me aborrece com suas tagarelices. E eu lá tenho tempo para sentimentalismos? Estou jogando uma partida de xadrez e movimento minhas peças sem me preocupar com o que elas pensam. Quando tiver vencido a partida, me preocuparei em saber se o cavalo Pierre Leduc e a rainha Geneviève têm um coração ou não.

Ela o interrompeu.

– Você ouviu? Um assobio...
– São os dois Doudeville. Mande-os entrar e deixe-nos a sós.

Assim que os dois irmãos entraram, ele os interrogou com sua precisão habitual.

– Sei o que os jornais disseram a respeito do desaparecimento de Lenormand e Gourel. Vocês sabem mais alguma coisa?
– Não. O subchefe, sr. Weber, assumiu o caso. Há oito dias vasculhamos o jardim da casa de repouso e não conseguimos explicar como eles puderam desaparecer.

Todo o departamento está de pernas para o ar... nunca vimos nada assim... um chefe da Segurança que desaparece, sem deixar pistas!

– E as duas criadas?
– Gertrude foi embora. Estão à sua procura.
– E sua irmã Suzanne?
– O sr. Weber e o sr. Formerie a interrogaram. Não há nada contra ela.
– É só isso que tem a me dizer?
– Ah, não, tem outras coisas, tudo o que não dissemos aos jornais.

Contaram então os acontecimentos que haviam marcado os dois últimos dias do sr. Lenormand: a visita noturna dos dois bandidos à casa de Pierre Leduc, a tentativa de sequestro no dia seguinte cometida por Ribeira e a perseguição pelo bosque de Saint-Cucufa; a chegada do velho Steinweg, seu interrogatório no departamento da Segurança diante da sra. Kesselbach e sua fuga do Palácio de Justiça.

– E ninguém, fora você, conhece nenhum desses detalhes?

– Dieuzy sabe do incidente com Steinweg, foi ele mesmo que nos contou.

– E ainda confiam em vocês na polícia?

– Tanto que nos empregam abertamente. O sr. Weber acredita muito em nós.

– Bem – disse o príncipe –, nem tudo está perdido. Se o sr. Lenormand cometeu alguma imprudência que tenha lhe custado a vida, como suponho, ele antes cumpriu sua tarefa, e só nos resta dar continuidade a ela. O inimigo está em vantagem, mas vamos pegá-lo.

– Teremos dificuldades, chefe.

– Em quê? Só precisamos encontrar o velho Steinweg, pois é ele quem tem a chave do enigma.

– Sim, mas onde Ribeira o teria escondido?

– Em sua casa, oras!

– Então precisamos descobrir onde mora o Ribeira.

– Mas é claro!

Depois de dispensá-los, ele foi até a casa de repouso. Na porta, automóveis estacionados e dois homens andando de um lado para outro, como se estivessem de guarda.

No jardim, perto da casa da sra. Kesselbach, ele viu sentados em um banco Geneviéve, Pierre Leduc e um senhor parrudo de monóculo. Os três conversavam. Nenhum deles o viu.

Mas várias pessoas saíram da casa: o sr. Formerie, o sr. Weber, um escrivão e dois inspetores. Geneviève entrou, o senhor de monóculo dirigiu a palavra ao juiz e ao subchefe da Segurança, e afastou-se lentamente com eles. Sernine foi até o banco onde Pierre Leduc estava sentado e murmurou:

— Não se mexa, Pierre Leduc, sou eu.

— O senhor!... o senhor!...

Era a terceira vez que o rapaz via Sernine desde a terrível noite de Versalhes, e toda vez isso o transtornava.

— Responda... Quem é o sujeito de monóculo?

Pierre Leduc balbuciava, totalmente pálido. Sernine beliscou-lhe o braço.

— Responda, diabos! Quem é ele?

— O barão Altenheim.

— De onde ele vem?

— Era um amigo do sr. Kesselbach. Ele chegou da Áustria há seis dias, e pôs-se à disposição da sra. Kesselbach.

Enquanto isso os magistrados haviam saído do jardim, assim como o barão Altenheim.

— O barão interrogou você?

— Sim, bastante. Ele tem interesse no meu caso. Queria me ajudar a encontrar minha família, apelou às minhas lembranças de infância.

— E o que você disse?

— Nada, pois eu nada sei. Por acaso tenho lembranças? O senhor me colocou no lugar de outro, e não sei nem mesmo quem é esse outro.

— E eu, tampouco! — disse o príncipe em tom de chacota. — E é justamente isso que torna seu caso tão peculiar.

— Ah, o senhor ri... continua rindo... Mas eu começo a me fartar... Estou envolvido em uma série de impropriedades... sem contar o perigo que corro ao me passar por um personagem que não sou.

– Como assim... que você não é? Você é tão duque quanto eu sou príncipe... Talvez até mesmo mais... Ademais, se você não é, torne-se, diabos! Geneviève só pode se casar com um duque. Olhe para ela... Geneviève não merece que você venda sua alma por seus belos olhos?

Ele nem mesmo olhou para Leduc, indiferente ao que ele pensava. Entraram e, ao pé da escada, apareceu Geneviève, graciosa e sorridente.

– O senhor voltou! – disse ela ao príncipe. – Ah, que bom! Estou contente... o senhor quer ver Dolores?

Um momento depois, ela o conduziu até o quarto da sra. Kesselbach. O príncipe levou um susto. Dolores estava ainda mais pálida, mais emaciada do que desde a última vez que a vira.

Deitada sobre um divã, envolta em tecidos brancos, ela parecia aqueles enfermos que desistem de lutar. Era pela vida que ela não lutava mais, contra o destino que a esmagava com seus golpes.

Sernine a olhava com uma pena profunda, com uma emoção que ele não tentava dissimular. Ela o agradeceu pela simpatia que ele lhe demonstrava. Também falou sobre o barão Altenheim, em termos cordiais.

– A senhora já o conhecia? – perguntou.

– De nome, sim, e através de meu marido, com quem ele tinha muita proximidade.

– Eu conheci um Altenheim que morava na rua Daru. Acredita que seja o mesmo?

– Ah, não... ele mora... na verdade, não sei muito bem, ele me deu seu endereço, mas não sei dizer...

Após alguns minutos de conversa, Sernine pediu licença para se retirar. Geneviève o esperava no vestíbulo.

– Preciso falar com o senhor... – ela disse bruscamente. – é um assunto grave... O senhor o viu?

– Quem?

– O barão Altenheim... mas esse não é seu nome... ou pelo menos ele tem outro... eu o reconheci... ele não sabe...

Ela o arrastou para fora, caminhando muito agitada.

– Calma, Geneviève...

– É o homem que tentou me sequestrar... Se não fosse pelo pobre sr. Lenormand, eu estaria perdida... Mas o senhor deve saber, o senhor sabe tudo.

– E qual seu verdadeiro nome?

– Ribeira.

–Tem certeza?

– Mesmo tendo mudado o rosto, o sotaque, os gestos, eu o reconheci na hora, pelo horror que me inspira. Mas não quis dizer nada... até o senhor voltar.

– Também não disse nada à sra. Kesselbach?

– Nada. Ela parecia tão feliz de reencontrar um amigo de seu marido. Mas o senhor vai falar com ela, não? Vai defendê--la?... Não sei o que ele está preparando contra ela ou contra mim mesma... Agora que o sr. Lenormand não está mais aqui, ele não teme mais nada e está agindo como bem entende. Quem poderia desmascará-lo?

– Eu. Eu responderei por tudo. Mas não diga palavra a ninguém.

Chegaram em frente à guarita da zeladoria. A porta se abriu.

O príncipe disse ainda:

– Adeus, Geneviève, pode ficar tranquila. Estou aqui.

Fechou a porta, virou-se e, surpreso, fez um ligeiro movimento de recuo.

À sua frente estava, com a cabeça erguida, ombros largos e envergadura potente, o homem de monóculo, o barão Altenheim.

Eles olharam-se por dois ou três segundos, em silêncio. O barão sorria.

Ele disse:
— Estava esperando por você, Lupin.
Por mais senhor que fosse de si, Sernine estremeceu. Ele viera para desmascarar seu adversário, e foi seu adversário quem o desmascarou, de primeira. E, ao mesmo tempo, esse adversário se oferecia à luta, descaradamente, como se estivesse certo da vitória. O gesto era corajoso e demonstrava uma força brutal.

Os dois homens mediam-se com os olhos, violentamente hostis.
— E então? — disse Sernine.
— E então? Não acha que precisamos nos ver?
— Por quê?
— Quero falar com você.
— Que dia?
— Amanhã. Vamos almoçar juntos em algum restaurante.
— E por que não em sua casa?
— Você não sabe meu endereço.
— Sei, sim.

O príncipe pegou um jornal do bolso de Altenheim, ainda com a etiqueta de envio, e disse:
— Vila Dupont, número 29.
— Muito bem! — disse o outro. — Então até amanhã, na minha casa.
— Amanhã, na sua casa. Que horas?
— À 1 hora.
— Estarei lá. Minhas cordiais saudações.

Cada um ia para seu lado, quando Altenheim parou.
— Ah, mais uma coisa, príncipe. Traga suas armas.
— Por quê?
— Tenho quatro criados, e você estará sozinho.

– Tenho meus punhos – disse Sernine. – A partida será em pé de igualdade.

Deu-lhe as costas, e depois o chamou novamente:

– Ah, mais uma coisa, barão. Recrute outros quatro empregados.

– Por quê?

– Pensei bem, e decidi levar minha chibata.

2

À 1 HORA EM PONTO, UM CAVALEIRO ATRAVESSAVA O PORTÃO de ferro da Vila Dupont, pacata rua provincial cuja única saída dava para a rua Pergolèse, a dois passos da avenida du Bois.

Com jardins e belos casarões de ambos os lados, ela terminava em uma espécie de pequeno parque com uma casa grande e antiga, por onde passava a estrada de ferro de Ceinture.

Era ali, no número 29, que morava o barão Altenheim.

Sernine jogou as rédeas de seu cavalo para um lacaio que ele havia enviado antecipadamente e disse-lhe:

– Traga-o de volta às 2h30.

Tocou a campainha. Como a porta do jardim estava aberta, dirigiu-se até o patamar, onde o esperavam dois grandes rapazes uniformizados que o conduziram até um imenso vestíbulo de pedra, frio e sem qualquer ornamento. A porta fechou-se atrás dele com um ruído surdo, e, apesar de sua coragem indômita, foi tomado por um sentimento de dolorosa solidão, cercado de inimigos nessa prisão isolada.

– Anunciem o príncipe Sernine.

A sala de estar era próxima, e logo o mandaram entrar.

– Ah, você veio, meu caro príncipe... – disse o barão, vindo ao seu encontro. – Pois bem! Imagine só... Dominique, sirva o almoço em vinte minutos... Até lá, não nos interrompa. Imagine, meu caro príncipe, não achei que realmente viesse.
– Ah, é mesmo? Por quê?
– Ora, sua declaração de guerra desta manhã foi tão nítida que qualquer conversa se tornaria inútil.
– Minha declaração de guerra?

O barão abriu um exemplar do *Grand Journal* e apontou com o dedo a seguinte nota:

"COMUNICADO
O desaparecimento do sr. Lenormand comoveu Arsène Lupin. Após uma breve investigação e, como sequência para seu plano de elucidar o caso Kesselbach, Arsène Lupin decidiu que encontraria o sr. Lenormand vivo ou morto, e que entregaria à Justiça os autores dessa abominável série de perversidades."

– É seu esse comunicado, meu caro príncipe?
– Sim, de fato é meu.
– Então eu tinha razão, é guerra.
– É.

Altenheim convidou Sernine a sentar, sentou-se ele mesmo e disse, em um tom conciliador:
– Bem, não, não posso admitir isso. É impossível que dois homens como nós lutem e se machuquem. Podemos nos explicar, buscar os meios: somos feitos para nos entendermos.
– Eu, pelo contrário, acredito que dois homens como nós não são feitos para se entenderem.

O outro reprimiu um gesto de impaciência e disse:
– Escute, Lupin... Aliás, quer mesmo que eu o chame de Lupin?

– E eu, como o chamaria? De Altenheim, Ribeira ou Parbury?
– Oh! Oh! Vejo que está ainda mais informado do que eu imaginava! Diacho, você é esperto... Mais uma razão para nos acertarmos.

E, debruçando-se sobre ele:

– Escute, Lupin, pense bem em minhas palavras. Eu pensei todas cuidadosamente.

Veja bem... Nós dois somos iguais... Está rindo? Engana--se... Pode ser que você tenha recursos que eu não tenho, mas eu tenho recursos que você ignora. Ademais, como você sabe, poucos escrúpulos... habilidade... e uma aptidão para mudar de personalidade que um mestre como você deve apreciar. Enfim, dois adversários com o mesmo valor. Mas resta uma pergunta: por que somos adversários? Porque estamos atrás da mesma coisa, você dirá? E depois? Sabe o que virá de nossa rivalidade? Um anulará os efeitos da obra do outro, e nós dois perderemos nosso objetivo! Em benefício de quem? De um Lenormand qualquer, ou de um terceiro ladrão... Uma tolice imensa.

– De fato, é uma tolice imensa – admitiu Sernine. – Mas há uma solução.

– Qual?

– Desista.

– Não brinque. Estou falando sério. A proposta que vou lhe fazer não deve ser recusada antes de examinada. Em duas palavras, é a seguinte: sermos sócios.

– Oh! Oh!

– É claro, cada qual continuará livre para seus próprios negócios. Mas para o caso em questão, podemos unir nossos esforços. Concorda? Vamos de mãos dadas e dividimos tudo em dois.

– E você contribui com o quê?

– Eu?

– Sim. Você sabe o que eu valho, dei minhas provas. Na união que me propõe, você conhece o tamanho do meu dote, por assim dizer... Qual é o seu?

– Steinweg.

– É pouco.

– É enorme. Através de Steinweg, saberemos a verdade a respeito de Pierre Leduc. Através de Steinweg, saberemos o que seria o famoso projeto de Kesselbach.

Sernine gargalhou.

– E você precisa de mim para isso?

– Como assim?

– Veja bem, meu caro, sua oferta é pueril. Já que Steinweg está em suas mãos, se você deseja minha colaboração é porque não conseguiu fazê-lo falar. Do contrário, você dispensaria meus serviços.

– E então?

– Então, eu recuso!

Os dois homens voltaram a se erguer, implacáveis e violentos.

– Eu recuso – disse Sernine. – Lupin não precisa de ninguém para agir. Eu sou desses que caminham sozinhos. Se você fosse meu igual, como alega, nunca teria tido a ideia de uma sociedade. Quando se tem o porte de chefe, você comanda. Unir-se é obedecer. E eu não obedeço!

– Você recusa? Você recusa? – repetiu Altenheim, pálido pela afronta.

– Tudo o que posso fazer por você, meu caro, é oferecer-lhe um lugar no meu bando. Como soldado raso, para começar. Sob minhas ordens, você verá como um general vence uma batalha... e como embolsa o butim sozinho, só para si. O que acha, recruta?

Altenheim rangia os dentes, furioso. Falou entre os dentes:
— Está enganado, Lupin... enganado... Eu também não preciso de ninguém, e esse caso não é mais complicado para mim do que uma série de outros que levei a cabo... Só pensei que poderíamos chegar mais rápido ao objetivo, e sem estorvos.
— Você não me estorva — disse Lupin, desdenhosamente.
— Então! Se não nos associarmos, somente um de nós chegará.
— Isso me basta.
— E só chegará depois de passar por cima do cadáver do outro. Você está disposto a esse tipo de duelo, Lupin? Duelo com morte, entende? A facada é um meio que você despreza, mas e se você recebê-la, Lupin, bem na garganta?
— Ah! Ah! Afinal de contas, é isso que você me propõe?
— Não, eu pessoalmente não gosto muito de sangue... Olhe para meus punhos... eu bato... e a pessoa cai... tenho meus golpes... mas o outro mata... lembre-se... da pequena ferida na garganta... Ah, aquele ali, Lupin, cuidado com ele... Ele é terrível e implacável... Nada o detém.

Ele pronunciou essas palavras em voz baixa e com tanta emoção, que Sernine estremeceu com a lembrança abominável do desconhecido.
— Barão — disse em tom de zombaria —, até parece que você tem medo de seu cúmplice!
— Tenho medo pelos outros, por aqueles que bloqueiam nosso caminho; por você, Lupin. Aceite, ou está perdido. Eu mesmo agirei, se for preciso. O objetivo está próximo demais... estou quase lá... Saia do meu caminho, Lupin!

Estava repleto de energia e de uma vontade exasperada, tão brutal, que parecia disposto a golpear o inimigo ali mesmo.

Sernine deu de ombros.

– Deus, que fome! – ele disse bocejando. – Como se almoça tarde por aqui!

A porta se abriu.

– O almoço está servido – anunciou o mordomo.

– Ah! Essa é uma boa notícia!

Ao passar pela porta, Altenheim agarrou-lhe o braço e, sem se preocupar com a presença do empregado, disse:

– Um conselho... aceite. A hora é grave... E é melhor, eu juro, é melhor... aceite.

– Caviar! – exclamou Sernine. – Ah, que gentileza... Você se lembrou de que tinha um príncipe russo como convidado.

Sentaram-se um de frente para o outro, e o galgo do barão, um grande animal de longos pelos prateados, acomodou-se entre eles.

– Apresento-lhe Sirius, meu mais fiel amigo.

– Um compatriota – disse Sernine. – Nunca me esquecerei daquele que o *tzar* quis me dar quando tive a honra de lhe salvar a vida.

– Ah, você teve a honra... um complô terrorista, talvez?

– Sim, um complô que eu mesmo organizei. Imagine só, esse cachorro se chamava Sébastopol...

O almoço transcorreu alegremente. Altenheim recuperou seu bom humor e os dois homens trocaram cortesias e gracejos. Sernine contou anedotas, às quais o barão contra-atacou com outras anedotas, entre relatos de caça, esportes, viagens, com a menção recorrente dos nomes mais antigos da Europa, dos grandes da Espanha, dos lordes ingleses, magiares húngaros, arquiduques austríacos.

– Ah! – disse Sernine. – Que bela profissão que é a nossa! Ela nos põe em contato com tudo o que há de bom na Terra. Pegue, Sirius, um pouco dessa ave trufada.

O cão não tirava os olhos dele, abocanhando de uma vez só tudo que Sernine lhe oferecia.
– Uma taça de chambertin, príncipe?
– Com prazer, barão.
– Recomendo, vem das adegas do rei Leopoldo.
– Foi presente?
– Sim, presente de mim para mim mesmo.
– Delicioso... que buquê!... Com este patê de fígado, é um achado e tanto. Meus cumprimentos, barão, seu *chef* é de primeira linha.
– Esse *chef* é uma cozinheira, príncipe. Eu a roubei de Levraud, o deputado socialista, por uma nota. Tome, experimente esta sobremesa quente com sorvete de cacau, e chamo sua atenção para os bolos que a acompanham. Uma invenção genial, esses bolos.
– São encantadores na forma, pelo menos – disse Sernine, servindo-se. – Se tiverem um gosto tão bom quanto a aparência... Tome, Sirius, você vai adorar isto. Locusta[3] não teria feito melhor.

Ele pegou um dos bolos e ofereceu ao cão. Este o engoliu de uma só vez, paralisou-se por dois ou três segundos, estupefato, girou e caiu fulminado.

Sernine jogou-se para trás para não ser atacado insidiosamente por um dos empregados e, rindo, disse:
– Então, barão, quando quiser envenenar um de seus amigos, trate de manter a voz calma e as mãos sem tremer... Pois isso causa desconfiança... Mas você não repudiava assassinatos?
– A facadas, sim – disse Altenheim, sem se alterar. – Mas sempre tive vontade de envenenar alguém. Queria saber que gosto tinha.

---

3. Notória preparadora de venenos do Império Romano durante o século I d.C. (N do T)

— Caramba! Meu rapaz, você escolhe bem suas vítimas. Um príncipe russo!

Aproximou-se de Altenheim e disse-lhe em um tom confidencial:

— Sabe o que teria acontecido se você tivesse sido bem sucedido, ou seja, se meus amigos não me vissem voltar às 3 horas, no mais tardar? Bem, às 3 e meia o comissário de polícia saberia exatamente quem é o suposto barão Altenheim, o qual seria detido e preso até o final do dia.

— Bah! — disse Altenheim —, da prisão a gente escapa... ao passo que não se volta do reino para onde eu o enviaria.

— Evidentemente, mas primeiro teria de me enviar para lá, e isso não é fácil.

— Bastaria uma mordida num desses bolinhos.

— Tem certeza?

— Tente.

— Decididamente, meu caro, você ainda não tem o estofo de um grande mestre da Aventura, e provavelmente nunca terá, visto que me põe armadilhas desse tipo. Quando alguém se crê digno de levar a vida que temos a honra de levar, também deve ser capaz de tal e, para isso, estar pronto para todas as eventualidades, até mesmo não morrer caso um canalha qualquer tente envenená-lo... Uma alma intrépida dentro de um corpo inatacável, é esse o ideal que se deve propor... e atingir. Trabalhe, meu caro. Eu sou intrépido e inatacável. Lembre-se do rei Mitrídates[4].

E, voltando a se sentar, disse:

— De volta à mesa! Mas como gosto de provar as virtudes

---

4. Referência a Mitrídates VI, rei de Ponto (Ásia Menor), que, segundo a lenda, procurava ingerir quantidades subletais de veneno como forma de imunizar-se contra futuros envenenamentos.

que atribuo a mim mesmo, e como também não quero ofender sua cozinheira, passe-me esse prato de bolinhos.

Ele pegou um, partiu em dois e estendeu uma das metades para o barão:

– Coma!

O outro fez um gesto de repulsa.

– Covarde! – disse Sernine.

E, diante do olhar embasbacado do barão e seus acólitos, ele se pôs a comer a primeira, e depois a segunda metade do bolinho, tranquilamente, conscienciosamente, como se come uma guloseima da qual se lamentaria perder uma única migalha.

3

ELES VOLTARAM A SE ENCONTRAR. NA MESMA NOITE, O PRÍNCIPE Sernine convidou o barão Altenheim ao Cabaré Vatel, para um jantarem com um poeta, um músico, um financista e duas belas atrizes, membros do Théâtre Français.

No dia seguinte, almoçaram juntos no Bois e, à noite, se reencontraram na Ópera.

E todos os dias, durante uma semana, eles se encontraram.

Para olhares de fora, parecia até que eles não conseguiam ficar um sem o outro, e que uma grande amizade os unia, feita de confiança, estima e simpatia. Divertiam-se muito, bebiam bons vinhos, fumavam excelentes charutos e riam como loucos.

Mas, na verdade, eles se observavam ferozmente. Inimigos mortais, separados por um ódio selvagem, cada um deles seguro da vitória, desejando-a com uma vontade irrefreável, eles aguardavam o momento propício. Altenheim para eliminar Sernine, e

Maurice Leblanc

Sernine para jogar Altenheim no abismo que ele cavava diante de si. Os dois sabiam que o desfecho não poderia tardar. Um dos dois pereceria, e seria uma questão de horas ou dias, no máximo.

Uma tragédia excitante, cujo potente e estranho sabor um homem como Sernine deveria provar. Conhecer seu adversário e viver ao seu lado, saber que a morte espreitava a qualquer passo em falso, a qualquer leviandade, que deleite!

Um dia, no jardim do clube da rua Cambon, do qual Altenheim também fazia parte, estavam sozinhos, naquela hora do crepúsculo, em que se começa a jantar no mês de junho, e em que os jogadores da noite ainda não chegaram. Eles caminhavam pelo gramado, junto a um muro ladeado por arbustos com uma pequena porta. E, de repente, enquanto Altenheim falava, Sernine teve a impressão de que sua voz se tornava menos firme, quase trêmula. Com o canto dos olhos ele o observou. A mão de Altenheim estava enfiada no bolso de seu casaco, e Sernine viu, através do tecido, que essa mão agarrava o cabo de um punhal, hesitante, indecisa, ora resoluta, ora sem força.

Que momento delicioso! Será que atacaria? Quem venceria? O instinto medroso que não ousa, ou a vontade consciente, orientada para o ato de matar?

Com o corpo ereto e os braços para trás, Sernine esperava, com tremores de angústia e prazer. O barão se calara, e os dois caminhavam lado a lado em silêncio.

– Mas ataque de uma vez! – exclamou o príncipe.

Parou e virou-se para seu companheiro:

– Ataque logo! – dizia. – É agora ou nunca! Ninguém está vendo. Fuja por essa pequena porta cuja chave por acaso está pendurada na parede e, adeus, barão... ninguém verá ou saberá... Mas estou pensando, tudo isso foi combinado... Foi você quem me trouxe aqui... E está hesitando? Ataque logo!

Ele o olhava no fundo dos olhos. O outro estava lívido, trêmulo de uma energia impotente.

– Seu frouxo! – riu Sernine. – Nunca farei nada com você. Quer que eu diga a verdade? Pois bem, eu lhe causo medo. Mas, é claro, você nunca tem certeza do que vai lhe acontecer quando está diante de mim. É você que quer agir, e são meus atos, meus possíveis atos, que dominam a situação. Não, decididamente, você ainda não é aquele que apagará minha estrela!

Não havia concluído essa palavra, quando sentiu alguém agarrá-lo pelo pescoço e puxá-lo para trás. Alguém, escondido atrás do arbusto, perto da pequena porta, o segurou pela cabeça. Viu um braço se erguendo, armado com uma faca cuja lâmina brilhava. O braço desceu e a ponta da faca o atingiu no meio da garganta.

Nesse mesmo momento, Altenheim lançou-se sobre ele para matá-lo, e eles rolaram pelos canteiros de terra. Foram vinte a trinta segundos, no máximo. Por mais forte e treinado em exercícios de luta que fosse, Altenheim rendeu-se quase que imediatamente, soltando um grito de dor. Sernine levantou-se e correu para a pequena porta que acabara de se fechar sobre um vulto escuro. Tarde demais! Ouviu o barulho da chave na fechadura. Não conseguiu abri-la.

– Ah, seu bandido! – exclamou. – O dia em que eu pegar você será o dia de meu primeiro crime! Juro por Deus!

Ele voltou, abaixou-se e apanhou os pedacinhos do punhal que havia se quebrado ao atingi-lo. Altenheim começava a se mexer. Disse-lhe:

– Bem, barão, está melhor? Você não conhecia aquele golpe, hein? É o que chamo de golpe direto no plexo solar, ou seja, apaga seu sol vital como uma vela. É limpo, rápido e indolor... e infalível. Enquanto uma punhalada? Pff! É só usar um gorjal de malha de aço como eu, e desprezar o resto do mundo, sobretudo seu pequeno camarada de preto, pois ele sempre ataca a garganta, esse monstro idiota! Veja seu brinquedo favorito... Em pedaços!

Estendeu-lhe a mão.

– Vamos, levante-se, barão. Jante comigo. E lembre-se do segredo de minha superioridade: uma alma intrépida em um corpo inatacável.

Entrou novamente nos salões do clube, reservou uma mesa para duas pessoas, sentou-se em um divã e esperou a hora do jantar, pensando:

"Evidentemente, esse jogo é divertido, mas está se tornando perigoso. É preciso acabar... Caso contrário, esses animais me enviarão ao paraíso mais cedo do que eu gostaria... Pena que não posso fazer nada contra eles antes de encontrar o velho Steinweg... Pois, no fundo, só há isso de interessante, o velho Steinweg, e se eu me aferro ao barão é porque ainda espero conseguir uma pista qualquer... Que diabos fizeram com ele? Não há dúvidas de que Altenheim esteja em comunicação diária com ele, não há dúvida de que esteja tentando o impossível para lhe arrancar informações sobre o projeto Kesselbach. Mas onde ele o encontra? Onde o escondeu? Na casa de amigos? Na casa dele, no número 29 da Vila Dupont?"

Refletiu por bastante tempo, depois acendeu um cigarro, deu três tragadas e o jogou fora. Evidentemente um sinal, pois dois jovens vieram sentar-se ao seu lado, jovens que ele não parecia conhecer, mas com quem conversou furtivamente. Eram os irmãos Doudeville, vestidos como cavalheiros naquele dia.

– O que foi, patrão?

– Peguem seis de nossos homens, vão até o número 29 da Vila Dupont e entrem na casa.

– Diabos! Mas como?
– Ordem da Justiça. Vocês não são inspetores da Segurança? Um mandado de busca.
– Mas não temos o direito...
– Peguem-no.
– E os empregados? Se eles resistirem?
– São somente quatro deles.
– E se gritarem?
– Não vão gritar.
– E se Altenheim voltar?
– Ele não voltará antes das 10 horas. Eu me encarrego disso. Isso dá a vocês duas horas e meia. É mais do que vocês precisam para revistar a casa de cima a baixo. Se encontrarem o velho Steinweg, venham me avisar.

O barão Altenheim aproximou-se e ele foi encontrá-lo.

– Vamos jantar, não? O pequeno incidente do jardim me deu fome. Quanto a isso, meu caro barão, tenho alguns conselhos a lhe dar...

Sentaram-se à mesa.

Após a refeição, Sernine propôs uma partida de bilhar, a qual Altenheim aceitou. Depois de terminada a partida, passaram para a sala de bacará.

O crupiê acabava de gritar:

– A banca tem cinquenta luíses, ninguém quer?...
– Cem luíses – disse Altenheim.

Sernine olhou para o relógio. Dez horas. Os Doudevilles não haviam voltado. Então as buscas haviam sido infrutíferas.

– Banco – disse.

Altenheim sentou-se e distribuiu as cartas.

– Eu dou.
– Não.

– Sete.
– Seis.
– Perdi – disse Sernine. – Dobro?
– Certo – disse o barão.
Ele distribuiu as cartas.
– Oito – disse Sernine.
– Nove – disse o barão, mostrando sua mão.
Sernine foi embora resmungando:
– Isso me custou trezentos luíses, mas estou tranquilo, pois isso o mantém aqui. Um instante depois, seu carro o deixava em frente ao número 29 da Vila Dupont e, imediatamente, ele encontrou os Doudevilles e seus homens reunidos no vestíbulo.
– Desentocaram o velho?
– Não.
– Raios! Mas ele tem de estar em algum lugar! Onde estão os criados?
– Ali na copa, amarrados.
– Ótimo. Prefiro não ser visto. Podem ir embora. Jean, fique lá embaixo vigiando. Jacques, mostre a casa para mim.
Rapidamente, ele percorreu do porão até o sótão. Praticamente não parou, sabendo bem que não descobriria em poucos minutos o que seus homens não conseguiram descobrir em três horas. Mas ele foi gravando fielmente a forma e a distribuição dos cômodos.
Quando terminou, voltou para um quarto que Doudeville lhe havia indicado como o de Altenheim, e o examinou atentamente.
– Isto servirá – disse, levantando uma cortina que escondia um armário preto repleto de roupas. – Daqui, consigo ver o quarto inteiro.
– E se o barão revistar a casa?

– Por que ele faria isso?

– Ele saberá que estivemos aqui, através de seus empregados.

– Sim, mas não vai imaginar que um de nós chegou a se instalar em sua casa. Pensará que a tentativa fracassou, só isso. Então eu fico.

– E como o senhor vai sair?

– Ah, está me perguntando demais. O importante era entrar. Vá, Doudeville, feche as portas. Vá encontrar seu irmão e podem ir embora... Até amanhã... ou antes...

– Ou antes...

– Não se preocupe comigo. Darei um sinal no tempo devido.

Sentou-se em uma pequena caixa colocada no fundo do armário. Uma fileira quádrupla de roupas suspensas o protegia. A menos que fizessem uma busca, ele estaria seguro ali.

Dez minutos se passaram. Ouviu o galope surdo de um cavalo, do lado da casa, e o ruído de um guizo. Um carro parou, a porta do andar de baixo bateu, e logo ele ouviu vozes, exclamações, todo um rumor que se acentuava provavelmente à medida que os empregados ficavam livres das mordaças.

"Devem estar se explicando", pensou. "O barão deve estar furioso... Agora ele entende a razão de minha conduta esta tarde, no clube, e que o enganei direitinho... Enganei é modo de dizer, afinal ainda não encontrei Steinweg... Essa é a primeira coisa que vai preocupá-lo: será que encontraram o Steinweg? Para conferir, ele vai correr até o esconderijo. Se ele subir, é porque o esconderijo está no andar de cima. Se descer, é porque está no subsolo." Concentrou-se para escutar. O barulho de vozes continuava nos cômodos do térreo, mas não parecia que fossem se mexer. Altenheim devia estar interrogando seus acólitos. Foi só depois de meia hora que Sernine ouviu passos subindo a escada.

"Então é no andar de cima", pensou, "mas por que tanta demora?"

– Vocês todos, podem ir dormir – disse a voz de Altenheim.

O barão entrou no quarto com um de seus homens e fechou a porta.

– E eu também, Dominique, vou dormir. Se discutíssemos a noite inteira, não avançaríamos em nada.

– Minha opinião – disse o outro – é que ele veio procurar o Steinweg.

– Também acho, e é por isso que dou risada, no fundo, pois Steinweg não está aqui.

– Mas, afinal, onde ele está? O que fez com ele?

– Isso é segredo, e você sabe que guardo meus segredos comigo. Tudo que posso lhe dizer é que a prisão é boa e que ele só sairá dela depois de falar.

– Então o príncipe saiu de mãos abanando?

– Pois é. E ele ainda deve ter penado para chegar a esse belo resultado. Como eu me divirto!... Pobre príncipe!...

– Não importa – disse o outro. – Precisamos nos livrar dele.

– Fique tranquilo, meu velho, não vai demorar. Dentro de oito dias vou lhe dar uma carteira feita com pele de Lupin. Deixe-me dormir, estou caindo de sono.

Fez-se um barulho de porta se fechando. Depois Sernine ouviu o barão trancando a porta, esvaziando os bolsos, dando corda no relógio e se despindo. Parecia estar alegre, assobiando e cantarolando, até falando em voz alta.

– Sim, de pele de Lupin... em menos de oito dias... em menos de quatro dias! Do contrário, é ele que nos comerá, o sacripanta! Não tem problema, ele errou o golpe esta noite... Mas o cálculo estava certo... Steinweg só poderia estar aqui... Só que...

Deitou na cama e logo apagou a luz. Sernine havia avançado até perto da cortina, que ele levantou ligeiramente, e viu a luz vaga da noite que passava pelas janelas, deixando a cama em uma escuridão profunda.

"Decididamente, fui eu o ingênuo", pensou. "Fui completamente enganado. Assim que ele começar a roncar, eu escapo..."

Mas um barulho abafado o assustou, um barulho cuja natureza ele não conseguia identificar, e que vinha da cama.

Era como um rangido, quase imperceptível.

– Bem, Steinweg, em que pé estamos?

Era o barão que falava! Não havia nenhuma dúvida de que fosse ele falando, mas como seria possível ele falar com Steinweg, se Steinweg não estava no quarto? E Altenheim continuou:

– Continua intratável? Sim?... Imbecil! Mas você deverá decidir contar tudo o que sabe... Não? Então boa noite e até amanhã.

"Estou sonhando, estou sonhando", pensava Sernine. "Ou senão é ele que está sonhando em voz alta. Vejamos, Steinweg não está ao seu lado, não está no quarto vizinho... nem mesmo está na casa. Altenheim disse... Então, que história assombrosa é essa?"

Hesitou. Deveria ele saltar sobre o barão, pegá-lo pelo pescoço e obter dele à força e sob ameaça, aquilo que não conseguiu pela astúcia? Absurdo! Nunca Altenheim se deixaria intimidar.

– Então vou embora – murmurou. – Na pior das hipóteses, terá sido uma noite perdida.

Mas ele não foi. Sentia que era impossível partir, que deveria esperar, que o acaso ainda poderia lhe servir.

Com extrema cautela, tirou do cabide quatro ou cinco ternos e paletós, colocou-os no chão, instalou-se e, com as costas apoiadas na parede, dormiu o sono mais tranquilo do mundo.

O barão não acordou cedo. Um relógio, em algum lugar, bateu 9 horas quando ele saltou da cama e chamou seu criado.

Leu a correspondência trazida por este, vestiu-se sem dizer uma palavra e pôs-se a escrever cartas, enquanto o criado pendurava cuidadosamente no armário as roupas da véspera, e enquanto Sernine, com os punhos em riste, pensava:

"Espero que não seja necessário arrebentar o plexo solar desse sujeito."

Às 10 horas, o barão ordenou:

– Saia daqui!

– Mas só falta este colete...

– Saia daqui, já disse. Volte quando eu chamar... não antes.

Ele mesmo empurrou a porta na cara do criado, esperou, como homem que não tem confiança nos outros e, aproximando-se de uma mesa onde se encontrava um aparelho telefônico, tirou o fone do gancho.

– Alô? Senhorita, por gentileza, faça uma ligação para Garches... É isso, senhorita... Aguardo o telefone tocar.

E permaneceu perto do aparelho.

Sernine tremia de impaciência. Iria o barão se comunicar com seu misterioso parceiro de crime?

O telefone tocou.

– Alô?... – disse Altenheim. – Ah, é de Garches... perfeito... Senhorita, gostaria de falar com o número 38... Sim, 38, duas vezes quatro...

E alguns segundos depois, com a voz mais grave, tão grave e tão clara quanto possível, pronunciou:

– É o número 38?... Sou eu... nada de palavras desnecessárias... Ontem?... Sim, você o perdeu no jardim... Claro, uma outra hora... mas estamos ficando sem tempo... revistaram a casa ontem à noite... eu lhe conto... Não encontraram nada, claro... O quê?... Alô?... Não, o velho Steinweg se recusa a falar... ameaças, promessas, nada adiantou... Alô... Sim, meu Deus, ele sabe que não podemos nada... Só sabemos parte do projeto de Kesselbach e da história de Pierre Leduc... Somente ele tem a chave do enigma... Ah, ele vai falar, isso eu garanto... e esta noite mesmo... do contrário... Hein?... Que podemos fazer, é melhor que deixá-lo escapar! Quer que o príncipe o surrupie de nós? Ah, daqui a três dias, esse deve receber o que merece... Tem alguma ideia?... De fato... a ideia é boa... Ah, excelente... vou cuidar disso... Quando nos vemos? Terça-feira? Está bem... Irei na terça... às 2 horas.

Recolocou o fone no gancho e saiu. Sernine escutou uma pessoa dando ordens.

– Atenção dessa vez, hein? Não se deixem apanhar tolamente como ontem, só voltarei à noite.

A pesada porta do vestíbulo fechou-se novamente, depois Sernine ouviu o portão batendo no jardim e o guizo de um cavalo afastando-se.

Vinte minutos depois, dois criados apareceram, abriram as janelas e arrumaram o quarto.

Depois que eles saíram, Sernine esperou ainda bastante tempo, até a suposta hora da refeição dos empregados. Depois, supondo que eles estivessem na cozinha, sentados à mesa, ele saiu do armário e começou a inspecionar a cama e a parede na qual essa cama estava encostada.

– Que estranho... – ele disse – realmente estranho... Não há nada de particular aqui. A cama não tem nenhum fundo falso... E em cima não há alçapão. Vou olhar o quarto vizinho.

Discretamente, passou para o quarto ao lado. Era um cômodo vazio, sem nenhum móvel.

"Não é aqui que está o velho... Dentro desta parede? Impossível, está mais para um tabique, é fina demais. Raios! Não estou entendendo nada."Ele foi examinando centímetro a centímetro o chão, a parede, a cama, perdendo seu tempo com experiências inúteis. Decididamente havia algo lá, talvez muito simples, mas que por enquanto ele não conseguia captar.

"A menos que", pensou, "Altenheim tenha realmente delirado... É a única suposição possível. E, para verificá-la, só tenho um meio, que é ficar. E eu fico. Aconteça o que acontecer".

Temendo ser surpreendido, voltou para seu esconderijo e não se mexeu mais, devaneando e dormitando, atormentado ainda por uma fome violenta.

E a noite caiu, trazendo a escuridão.

Altenheim só voltou depois da meia-noite. Ele subiu até seu quarto, dessa vez sozinho, despiu-se, entrou na cama e logo apagou a luz, como na véspera.

A mesma expectativa ansiosa. O mesmo rangido inexplicável. E, com a mesma voz irônica, Altenheim disse:

– E então, como vai, meu amigo... Injúrias? Mas é claro que não, meu velho, não é isso que estamos lhe pedindo! Você está enganado. O que preciso são de boas confidências, bem completas, bem detalhadas, a respeito de tudo que você revelou a Kesselbach... a história de Pierre Leduc etc. Está claro?

Sernine escutava com assombro. Não tinha como se enganar, dessa vez: o barão realmente estava falando com o velho Steinweg. Um colóquio impressionante! Parecia estar testemunhando o misterioso diálogo de um vivo com um morto, uma conversa com um ser inominável, que respira em outro mundo, um ser invisível, impalpável, inexistente.

O barão continuou, irônico e cruel:

– Está com fome? Então coma, meu velho. Mas lembre-se que lhe dei de uma só vez toda sua provisão de pão, e que ao roê-lo no ritmo de algumas migalhas a cada vinte e quatro horas, você tem no máximo o suficiente para uma semana... Digamos dez dias! Daqui a dez dias, pff! Não haverá mais tio Steinweg. A menos que até lá você concorde em falar. Não? Veremos amanhã... Durma, meu velho.

No dia seguinte, à 1 hora, após uma noite e uma manhã sem incidentes, o príncipe Sernine saiu tranquilamente da Vila Dupont e, com a cabeça rodando, as pernas moles, enquanto se dirigia para o restaurante mais próximo, resumia a situação:

"Assim, na próxima terça-feira, Altenheim e o assassino do Palace Hotel têm um encontro marcado em Garches, em uma casa de telefone número 38. Na mesma noite, será a vez do velho Steinweg, e finalmente descobrirei se Pierre Leduc é ou não o filho de um salsicheiro, e se eu posso dignamente fazer dele o marido de Geneviève. Que assim seja!"

Na terça-feira de manhã, às 11 horas, Valenglay, presidente do Conselho, mandou chamar o comissário de polícia, o subdelegado da Segurança, sr. Weber, e lhes mostrou uma mensagem pneumática, assinada pelo príncipe Sernine, que ele acabara de receber.

Senhor presidente do Conselho,
Sabendo do interesse que o senhor tem pelo sr. Lenormand, venho colocá-lo a par dos fatos que o acaso me revelou.
O sr. Lenormand está trancado nos porões da Vila das Glicínias, em Garches, junto à casa de repouso.
Os bandidos do Palace Hotel decidiram assassiná-lo hoje, às 2 horas.
Caso a polícia precise de minha colaboração, estarei à 1h30 no jardim da casa de repouso, ou na casa da sra. Kesselbach, de quem tenho a honra de ser amigo.
Atenciosamente,
Príncipe Sernine.

– Isso é extremamente grave, meu caro sr. Weber – disse Valenglay. – Digo ainda que devemos ter total confiança nas afirmações do príncipe Paul Sernine. Jantei diversas vezes com ele. É um homem sério, inteligente...
– Permita-me, senhor presidente – disse o subchefe da Segurança –, comunicar ao senhor uma outra carta que também recebi esta manhã?
– Sobre o mesmo caso?
– Sim.
– Vejamos.
Ele pegou a carta e leu:
Senhor,
Esteja avisado de que o príncipe Paul Sernine, que se diz amigo da senhora Kesselbach, não é ninguém menos que Arsène Lupin.
Uma única prova bastará: Paul Sernine é um anagrama de Arsène Lupin. São as mesmas letras. Nem uma a mais, nem uma a menos.
Assinado: L. M.

E o senhor Weber acrescentou, enquanto Valenglay permanecia confuso:
– Dessa vez, nosso amigo Lupin encontrou um adversário à altura. Enquanto ele o denuncia, o outro o entrega a nós. E a raposa cai na armadilha.
– E agora? – perguntou Valenglay.
– Agora, senhor presidente, vamos tratar de encontrar um consenso entre os dois... E para isso, levarei duzentos homens!

O redingote verde-oliva

1

MEIO-DIA E QUINZE. UM RESTAURANTE PERTO DA MADELEINE. O príncipe está almoçando. Na mesa vizinha, dois jovens se sentam. Ele os cumprimenta e se põe a falar com eles como amigos que teria encontrado ao acaso.
– Vocês estão na expedição?
– Estamos.
– Quantos homens no total?
– Parece que seis. Cada um irá por si. Vamos encontrar o sr. Weber à 1h45, perto da casa de repouso.
– Ótimo, estarei lá.
– O quê?
– Não sou eu que dirige a expedição? E não sou eu que deverei encontrar o sr. Lenormand, pois o anunciei publicamente?
– Então acredita que o sr. Lenormand não esteja morto, chefe?
– Tenho certeza disso. Sim, desde ontem tive a certeza de que Altenheim e seu bando conduziram o sr. Lenormand e Gourel até a ponte de Bougival e os jogaram de lá. Gourel naufragou e o sr. Lenormand se salvou. Fornecerei todas as provas necessárias quando chegar o momento.
– Mas, então, se ele está vivo, por que não aparece?
– Porque não está livre.
– Então seria verdade o que o senhor disse? Ele está nos porões da Vila das Glicínias?

– Tudo me leva a crer que sim.
– Mas como o senhor sabe? Tem algum indício?
– Isso é segredo meu. O que posso anunciar é que a revelação será... como direi... mirabolante. Terminaram?
– Sim.
– Meu carro está atrás da Madeleine. Encontrem-me lá.

Em Garches, Sernine enviou o carro de volta, e eles andaram até o caminho que levava à escola de Geneviève. Ali, ele parou.

– Ouçam bem, rapazes. Isso é da mais suma importância. Vocês vão tocar na casa de repouso. Como inspetores, têm acesso, certo? Vocês irão até o Pavilhão Hortênsia, que está vazio. Lá, descerão para o subsolo e encontrarão uma portinhola; basta levantá-la para acessar o buraco de um túnel que descobri nos últimos dias, e que se comunica diretamente com a Vila das Glicínias.

Era por ali que Gertrude e o barão Altenheim se encontravam. E foi por ali que o sr. Lenormand passou para, no fim das contas, cair nas mãos de seus inimigos.

– O senhor acha, chefe?
– Sim, acho. E agora é o seguinte. Vocês vão se assegurar de que o túnel esteja exatamente no estado em que o deixei esta noite, que as duas portas que o bloqueiam estejam abertas, e que ainda haja, dentro de um buraco situado perto da segunda porta, um pacote embrulhado em sarja preta que eu mesmo coloquei.

– Precisamos abrir o pacote?
– Não precisa, é uma muda de roupa.

Vão, e cuidem para não chamar muita atenção. Aguardo vocês.

Dez minutos mais tarde, estavam de volta.

– As duas portas estão abertas – disse Doudeville.
– E o pacote de sarja preta?

– Em seu lugar, perto da segunda porta.
– Perfeito! É 1h25. Weber vai chegar com seus campeões. Estão vigiando a casa. Ela será cercada assim que Altenheim entrar. Combinei com Weber que tocarei a campainha. Chegando lá, tenho meu plano. Vamos, tenho a impressão de que não vamos nos entediar.

E Sernine, depois de dispensá-los, pegou o caminho da escola, falando consigo mesmo:

"Tudo está correndo bem. A batalha será no terreno que eu escolhi. Vou vencê-la fatalmente, livrando-me de meus dois adversários, e me verei sozinho no caso Kesselbach... sozinho, com dois belos trunfos: Pierre Leduc e Steinweg... Além do rei... ou seja, Bibi. Mas tem uma coisa... o que Altenheim pode fazer? Evidentemente ele também tem seu plano de ataque. Por onde vai me atacar? E como admitir que ele ainda não tenha me atacado? É preocupante. Terá me denunciado à polícia?

Caminhou ao longo do pátio da escola, cujos alunos estavam em aula, e bateu na porta de entrada.

– Ah, é você! – disse a sra. Ernemont, abrindo a porta. – Então você deixou Geneviève em Paris?

– Para isso seria preciso que Geneviève estivesse em Paris – respondeu.

– Mas ela esteve, visto que você mandou buscá-la.

– O que está dizendo? – ele exclamou, agarrando seu braço.

– Como? Mas você sabe melhor do que eu!

– Eu não sei de nada... não sei de nada... Fale!...

– Você não escreveu para a Geneviève pedindo para encontrá-lo na gare Saint-Lazare?

– E ela foi?

– Mas é claro... Era para vocês almoçarem juntos no hotel Ritz...

– A carta... mostre-me a carta.

Ela subiu para buscá-la e a entregou.

– Mas, sua infeliz, não viu que era uma falsificação? Imitaram bem minha letra... mas é falsa... Isso salta aos olhos. Pressionou as têmporas com as mãos, furioso:

– Esse era o golpe que eu estava imaginando. Ah, que miserável! É através dela que ele está me atacando... Mas como ele sabe? Não, ele não sabe... Tentou duas vezes, já, e foi por causa de Geneviève, pois se apaixonou por ela... Ah, isso não, jamais! Escute, Victoire... Tem certeza de que ela não o ama?... Ah, estou perdendo a cabeça! Espere... espere... preciso pensar... este não é o momento...

Olhou seu relógio.

– Uma e trinta e cinco... tenho tempo... ah, como sou imbecil! Tempo para fazer o quê? Nem sequer sei onde ela está!

Ele andava de um lado para outro como um louco, e sua velha ama de leite parecia abismada de vê-lo tão agitado, tão descontrolado.

– Afinal – ela disse –, nada prova que ela não tenha pressentido a armadilha no último instante...

– Onde ela poderia estar?

– Não sei... talvez na casa da sra. Kesselbach...

– É verdade... é verdade... você tem razão – exclamou, tomado de uma esperança repentina.

E partiu correndo na direção da casa de repouso. No caminho, perto da porta, ele encontrou os irmãos Doudevillle, que entravam na zeladoria, cuja guarita tinha vista para a estrada, o que permitia vigiar os arredores das Glicínias. Sem parar, foi direto para o Pavilhão da Imperatriz, chamou Suzanne, e foi conduzido até a casa da sra. Kesselbach.

– Geneviève? – perguntou.

– Geneviève?

— Sim, ela não veio?
— Não, faz vários dias que não vem.
— Mas ela deve vir, não?
— O senhor acha?
— Tenho certeza disso. Onde a senhora acredita que ela esteja? Lembra-se?
— Procurei, mas não sei. Garanto que Geneviève e eu não nos vimos.

E subitamente amedrontada:
— Mas o senhor está preocupado? Aconteceu algo com Geneviève?
— Não, nada.

Ele já havia partido. Uma ideia lhe veio à cabeça. E se o barão Altenheim não estivesse na Vila das Glicínias? Se a hora do encontro tivesse mudado?

"Preciso vê-lo...", pensava. "Preciso, a qualquer preço."

E ele correu, de forma desordenada, indiferente a tudo. Mas, diante da portaria, instantaneamente recobrou o sangue frio: ele havia visto o subchefe da Segurança, que conversava no jardim com os irmãos Doudeville. Estivesse ele com sua habitual clarividência aguçada, teria surpreendido o pequeno tremor que agitou o sr. Weber à sua aproximação, mas ele não viu nada.

— Sr. Weber, não é isso? — perguntou.
— Sim... a quem devo a honra?...
— Príncipe Sernine.
— Ah! Muito bem. O senhor comissário de polícia me falou a respeito do serviço considerável que o senhor tem nos prestado.
— Esse serviço só estará completo quando eu tiver entregue os bandidos.
— Não vai demorar. Acredito que um desses bandidos acaba de entrar.... um homem bastante forte, de monóculo.

– De fato, é o barão Altenheim. Seus homens estão aqui, sr. Weber?

– Sim, escondidos na estrada, a duzentos metros de distância.

– Bem, sr. Weber, parece-me que o senhor poderia reuni-los e trazê-los até a frente da portaria. Daqui, iremos até a casa. Eu toco a campainha. Como o barão Altenheim me conhece, suponho que abrirão a porta para mim, e eu entrarei... com o senhor.

– O plano é excelente – disse o sr. Weber. – Já volto.

Deixou o jardim e saiu pela estrada, na direção oposta à das Glicínias. Rapidamente Sernine agarrou um dos irmãos Doudeville pelo braço.

– Corra atrás dele, Jacques... Mantenha-o ocupado... até eu conseguir entrar nas Glicínias... Depois, retarde o ataque... o máximo que conseguir... invente algum pretexto... Preciso de dez minutos... Podem cercar a casa... mas não deixe que entrem. E você, Jean, fique a postos no Pavilhão Hortênsia, na saída do túnel. Se o barão quiser sair por lá, quebre sua cabeça.

Os Doudevilles se afastaram. O príncipe escapuliu para fora e correu até um alto portão blindado de ferro que era a entrada das Glicínias.

Deveria tocar a campainha?

Não havia ninguém à sua volta. Com um salto, lançou-se sobre a grade, apoiando o pé na fechadura, e, pendurando-se nas barras, segurando-se com os joelhos, erguendo-se com a força dos punhos, ele conseguiu pular a grade, correndo o risco de cair sobre a ponta aguda das lanças.

Havia um pátio pavimentado, que ele atravessou rapidamente, e subiu os degraus de um peristilo com colunas e janelas, todas cobertas com venezianas até o topo.

Enquanto ele pensava em um meio de penetrar na casa, a

porta entreabriu-se com um barulho de ferro, que lembrava a porta da Vila Dupont, e Altenheim apareceu.

– Minha nossa, príncipe, é assim que entra em propriedades particulares? Assim serei obrigado a recorrer à polícia, meu caro.

Sernine o segurou pelo pescoço e o derrubou sobre uma banqueta:

– Geneviève... Onde está Geneviève? Acho bom me dizer o que fez com ela, seu miserável!...

– Peço que observe – gaguejou o barão – que está me impedindo de falar.

Sernine o soltou.

– Vá direto ao ponto!... E rápido!... Responda... Onde está Geneviève?...

– Tem uma coisa – replicou o barão – que é muito mais urgente, sobretudo quando se trata de malandros de nossa espécie, que é o fato de estar em sua própria casa...

E cuidadosamente ele fechou a porta, trancando com os ferrolhos. Depois, conduzindo Sernine até a sala vizinha, uma sala sem móveis e sem cortinas, ele lhe disse:

– Agora sou todo seu. Como posso servi-lo, príncipe?

– Geneviève?

– Ela está muito bem.

– Ah! Então você confessa?

– Meu Deus! Devo dizer que sua imprudência a esse respeito me espanta. Como você não tomou nenhuma precaução? Era inevitável...

– Já chega! Onde ela está?

– Você não está sendo educado.

– Onde ela está?

– Entre quatro paredes, livre...

– Livre?...

– Sim, livre para ir de uma parede à outra.

– Vila Dupont, talvez? Na prisão que você imaginou para Steinweg?

– Ah! Você sabe... Não, ela não está lá.

– Mas então onde? Fale, senão...

– Ora, meu príncipe, acha que eu seria tolo o suficiente para lhe entregar o segredo pelo qual eu o seguro? Você ama a garota...

– Cale-se! – exclamou Sernine fora de si. – Eu o proíbo...

– E daí? Por acaso seria uma desonra? Eu mesmo gosto dela, e arrisquei...

Não terminou a frase, intimidado pela ira assustadora de Sernine, uma ira contida, silenciosa, que lhe alterava a fisionomia.

Olharam-se por muito tempo, cada um buscando o ponto fraco do adversário. No fim, Sernine avançou e, com uma voz clara e ameaçadora, propôs um pacto:

– Escute. Você se lembra da proposta de parceria que me fez? O caso Kesselbach para nós dois... trabalharíamos juntos... dividiríamos os ganhos... Eu recusei... mas hoje aceito...

– Tarde demais.

– Espere. Eu aceito mais do que isso: eu abandono o caso... não me envolverei em mais nada... pode ficar com tudo... se precisar, eu o ajudo.

– Qual a condição?

– Diga-me onde está Geneviève.

O outro deu de ombros.

– Está falando tolices, Lupin. Isso me dá pena... em sua idade...

Houve uma nova pausa, terrível, entre os dois inimigos.

O barão zombou:

– De qualquer forma, é uma alegria tremenda vê-lo assim, choramingando e pedindo esmolas. Veja só, e não é que o soldado raso está dando uma surra em seu general?

– Imbecil – murmurou Sernine.

– Príncipe, vou lhe enviar minhas testemunhas esta noite... se ainda pertencer a este mundo.

– Imbecil! – repetiu Sernine, com infinito desprezo.

– Prefere acabar com tudo agora? Como quiser, meu príncipe, sua hora chegou. Pode encomendar sua alma a Deus. Está sorrindo? Erro seu. Tenho sobre você uma imensa vantagem: eu mato... quando necessário...

– Imbecil! – repetiu mais uma vez Sernine.

Ele tirou seu relógio.

– São 2 horas, barão. Você só tem mais alguns minutos. Às 2h05, 2h10 no mais tardar, o sr. Weber e uma meia dúzia de homens robustos e sem escrúpulos forçarão a entrada de seu covil e o pegarão... Não sorria, você também. A saída com a qual você está contando foi descoberta. Eu a conheço, ela está sendo guardada. Então você já era. É a forca, meu amigo.

Altenheim ficou lívido. Gaguejou:

– Você fez isso?... Teve a infâmia?...

– A casa está cercada. O ataque é iminente. Fale e eu o salvarei.

– Como?

– Os homens que estão guardando a saída da casa são meus. Uma ordem minha para eles, e você está salvo.

Altenheim refletiu por alguns segundos, pareceu hesitar, mas, subitamente resoluto, declarou:

– É um blefe. Você não teria sido tão ingênuo a ponto de se jogar sozinho na boca do lobo.

– Você se esquece de Geneviève. Sem ela, acha que eu estaria aqui? Fale.

– Não.

– Muito bem. Aguardemos – disse Sernine. – Aceita um cigarro?

– Obrigado.

– Está ouvindo? – disse Sernine, após alguns segundos.

– Sim... Sim... – disse Altenheim, levantando-se.

Ouviram batidas no portão. Sernine disse:

– Nem mesmo as intimações de costume... nenhuma preliminar... Continua decidido?

– Mais do que nunca.

– Você sabe que, com os instrumentos que eles têm, não vão demorar, certo?

– Mesmo que estivessem dentro deste quarto, eu recusaria.

O portão cedeu. Ouviram o rangido das dobradiças.

– Deixar-se apanhar – continuou Sernine – eu admito, mas estender as próprias mãos para ser algemado é estupidez demais. Vamos, não seja teimoso. Fale e fuja!

– E você?

– Eu fico. Que tenho a temer?

– Olhe ali.

O barão lhe apontava uma fenda no meio da janela. Sernine olhou através do buraco e recuou com um sobressalto.

– Ah, seu bandido, você também me denunciou! Não são dez homens, são cinquenta, cem, duzentos homens que Weber está trazendo...

O barão ria sem reservas:

– E se há tantos deles, é porque vieram atrás de Lupin, evidentemente. Uma meia dúzia bastaria para mim.

– Você avisou a polícia?

– Avisei.

– E o que deu como prova?

– Seu nome... Paul Sernine, ou melhor, Arsène Lupin.

– E você descobriu isso sozinho? Algo em que nunca ninguém pensou? Foi o outro, confesse!

Ele olhou pela fresta. Uma multidão de agentes se espalhavam ao redor da casa, e agora era na porta que se ouviam batidas. Contudo, era preciso pensar ou na fuga ou na execução do plano que ele havia imaginado. Mas afastar-se, ainda que por um instante, equivalia a deixar Altenheim, e quem poderia garantir que o barão não teria à sua disposição uma outra saída para fugir? Essa ideia atormentou Sernine. O barão, livre! Livre para voltar para junto de Geneviève e torturá-la e subjugá-la ao seu odioso amor!

Entravado em seus intentos, obrigado a improvisar um novo plano naquele mesmo segundo, e subordinando tudo ao perigo que Geneviève corria, Sernine passou por um momento de atroz indecisão. Com os olhos fixos nos olhos do barão, queria arrancar-lhe seu segredo e partir, e nem mesmo tentava mais convencê-lo, pois qualquer palavra lhe parecia inútil. E, enquanto perseguia suas reflexões, perguntava-se quais seriam as do barão, quais seriam suas armas, sua esperança de salvação. A porta do vestíbulo, ainda que fortemente trancada e blindada de ferro, começava a ceder.

Os dois homens estavam diante dessa porta, imóveis. O barulho de vozes e o sentido das palavras começavam a chegar até eles.

– Você parece bem seguro de si – disse Sernine.

– Pode apostar! – exclamou o outro, derrubando-lhe com uma rasteira, e fugiu.

Sernine logo se levantou, passou por uma portinha embaixo da escada por onde Altenheim havia desaparecido, e desceu correndo os degraus de pedra até o subsolo...

Um corredor levava até uma sala ampla e baixa, quase escura, onde o barão estava de joelhos, erguendo a portinhola de um alçapão.

– Idiota! – exclamou Sernine, lançando-se sobre ele. – Sabe que encontraremos meus homens no fim desse túnel, e que eles têm a ordem de matar você como se fosse um cachorro... A menos que... a menos que você tenha uma saída de verdade adjacente a esta... Ah, pronto, é claro! Eu adivinhei... e você imagina...

A luta foi acirrada. Altenheim, um verdadeiro colosso dotado de uma musculatura excepcional, agarrou pela cintura seu adversário, imobilizando seus braços e tentando sufocá-lo.

– Evidentemente... evidentemente... – ele articulava com dificuldade – evidentemente isso foi bem pensado... Enquanto eu não puder usar minhas mãos para quebrar alguma parte sua, você terá a vantagem... Mas somente... você pode...?

Ele sentiu um tremor. O alçapão, que havia se fechado de novo, e em cuja portinhola eles apoiavam todo seu peso, parecia se mover por baixo deles. Ele sentia os esforços de alguém que tentava levantá-la, e o barão também devia estar sentindo, pois procurava desesperadamente deslocar o terreno da luta para que o alçapão pudesse ser aberto.

"É o outro", pensou Sernine, com o terror irracional que esse ser misterioso lhe causava. "É o outro... Se ele passar, estou perdido." Com gestos imperceptíveis, Altenheim havia conseguido se deslocar, e tentava arrastar seu adversário. Mas este enroscou suas pernas às do barão, ao mesmo tempo em que, pouco a pouco, tentava soltar uma de suas mãos.

Acima deles, soava o barulho de grandes golpes, como golpes de aríete...

"Tenho cinco minutos", pensou Sernine. "Daqui a um minuto, esse malandro precisa..."

Falou então em voz alta:
- Cuidado, meu caro. Segure-se firme.
Aproximou seus joelhos um do outro com uma energia inacreditável. O barão gritou, com uma de suas coxas torcida. Então Sernine, aproveitando-se da dor do adversário, fez um esforço, soltou sua mão direita e o pegou pelo pescoço:
- Perfeito! Dessa forma, estamos bem mais à vontade... Não, não vale a pena procurar sua faca... Se fizer isso, eu esgano você como um frango. Você vê, eu tenho boas maneiras... Não aperto demais... só o suficiente para que você não tenha vontade nem mesmo de espernear.

Enquanto falava, tirou do bolso uma corda muito fina e, com uma única mão e extrema destreza, amarrou seus pulsos. Esgotado, o barão já não oferecia mais nenhuma resistência. Com alguns gestos precisos, Sernine o amarrou firmemente.
- Que sensato, você! Na hora certa! Eu já não o reconhecia mais. Olha, caso queira escapar, aqui tem um rolo de fio de arame que vai completar meu trabalho... Primeiro os pulsos... Agora os tornozelos... É isso... Meu Deus, como você é bonzinho!

O barão havia se recuperado aos poucos. Ele gaguejou:
- Se você me entregar, Geneviève morre.
- É mesmo? E como? Explique-se.
- Ela está presa. Ninguém sabe onde ela está. Comigo fora de cena, ela morrerá de fome... assim como Steinweg...

Sernine tremeu. Ele replicou:
- Sim, mas você vai falar.
- Jamais.
- Sim, vai falar. Não agora, está muito tarde, mas esta noite.

Debruçou-se sobre ele e falou em seu ouvido, em voz baixa:
- Escute, Altenheim, ouça-me com atenção. Daqui a pouco você será pego. Esta noite você dorme na detenção. Isso

é certo, irrevogável. Eu mesmo não posso mais fazer nada a respeito. Amanhã você será levado à Santé, e mais tarde, sabe para onde?... Bem, eu ainda lhe dou uma chance de salvação. Esta noite, ouça bem, esta noite entrarei em sua cela, na delegacia, e você me dirá onde está Geneviève. Duas horas depois, se você não tiver mentido, será libertado. Senão... é porque não tem muito amor pela vida.

O outro não respondeu. Sernine levantou-se novamente e fez um esforço para escutar. No alto, um grande estrondo. A porta de entrada havia cedido. Passos martelaram na laje do vestíbulo e no chão da sala. O sr. Weber e seus homens faziam a revista.

– Adeus, barão, pense até esta noite. A cela é boa conselheira.

Empurrou seu prisioneiro, de maneira a liberar o alçapão, que ele abriu. Como esperado, não havia mais ninguém embaixo, nos degraus da escada.

Ele desceu, tomando o cuidado de deixar o alçapão aberto atrás de si, como se tivesse a intenção de voltar.

Eram vinte degraus, e embaixo começava o corredor que o sr. Lenormand e Gourel haviam percorrido no sentido inverso. Ao entrar nele, deu um grito. Pensou ter sentido a presença de alguém.

Ele acendeu sua lanterna de bolso. O corredor estava vazio.

Então engatilhou seu revólver e disse em voz alta:

– Azar o seu... Vou atirar.

Nenhuma resposta. Nenhum barulho.

"Deve ser uma alucinação", pensou. "Estou obcecado por esse sujeito. Bom, se eu quiser vencer e chegar até a porta, preciso me apressar... O buraco onde coloquei o pacote de roupas não está longe. Eu pego o pacote... e o truque está feito... E que truque! Um dos melhores de Lupin..."

Ele encontrou uma porta aberta e imediatamente parou. À direita havia uma escavação, a que fora feita pelo sr. Lenormand para escapar da água que subia. Abaixou-se e projetou sua luz dentro da abertura.

– Oh! – ele disse, tremendo. – Não, não é possível... Doudeville deve ter empurrado o pacote para mais longe.

Mas ele procurou e olhou com muita atenção em meio à escuridão. O pacote não estava mais lá, e ele não teve dúvidas de que teria sido novamente obra do ser misterioso.

– Que pena! Estava tudo tão bem arranjado! A aventura retomava seu curso natural e era certo que chegava ao seu fim... Agora preciso ir o mais rápido possível... Doudeville está na casa... Minha fuga está garantida... Chega de blefes... Preciso me apressar e pôr as coisas no lugar, se possível... Depois cuidaremos dele... Ah, ele que tente fugir de minhas garras!

Mas uma exclamação de espanto lhe escapou; chegara à outra porta, e essa porta, a última antes da casa, estava fechada. Arremeteu contra ela. Para quê? O que ele poderia fazer?

– Desta vez – murmurou – estou perdido.

E, tomado por uma espécie de desânimo, sentou-se. Sentiu sua fragilidade perante o ser misterioso. Altenheim não contava. Mas o outro, esse personagem de trevas e silêncio, esse outro o dominava, frustrava todos os seus planos e o esgotava com seus ataques sorrateiros e infernais.

Fora vencido.

Weber o encontraria lá, como um bicho acuado, no fundo de sua caverna.

2

– AH! NÃO, NÃO! – DISSE, ENDIREITANDO-SE DE UMA VEZ. – SE fosse só eu, talvez! Mas preciso pensar em Geneviève, Geneviève, que preciso salvar esta noite... Afinal, nem tudo está perdido... Se o outro sumiu agora há pouco, é porque existe uma segunda saída por aqui. Vamos lá, Weber e seu bando ainda não me pegaram.

Ele já havia começado a explorar o túnel e, com a lanterna na mão, estudava os tijolos que formavam as paredes, quando ouviu um grito, um grito horrível, abominável, que o deixou arrepiado.

O grito vinha do lado do alçapão. E, de repente, ele se lembrou de que havia deixado esse alçapão aberto, uma vez que tinha a intenção de voltar para a Vila das Glicínias. Correu de volta e atravessou a primeira porta. No caminho, como sua lanterna havia se apagado, ele sentiu algo, na verdade alguém, roçando em seus joelhos, rastejando pela parede. E logo sentiu que esse ser desaparecia, sumia, não sabia para onde. Naquele instante, topou com um degrau.

"É a saída", pensou, "a segunda saída por onde ele costuma passar".

No alto, o grito ressoou novamente, mais fraco, seguido de gemidos e arquejos... Subiu a escada correndo, saindo no porão, e precipitou-se para onde estava o barão. Altenheim agonizava, sangrando pelo pescoço. Suas amarras haviam sido cortadas, mas os fios de arame que atavam seus punhos e tornozelos estavam intactos. Sem conseguir libertá-lo, seu cúmplice o degolara.

Sernine contemplava esse espetáculo com pavor, suando

frio. Ele pensava em Geneviève presa, sem salvação, uma vez que o barão era o único que conhecia seu esconderijo.

Nitidamente, ouviu os agentes abrindo a portinha do vestíbulo.

E nitidamente, ouviu-os descendo a escada de serviço.

A única coisa que o separava deles era a porta do porão onde ele se encontrava. Ele a trancou no mesmo momento em que os agressores empunhavam o trinco. O alçapão estava aberto ao seu lado... Era a salvação possível, pois ainda havia a segunda saída.

"Não", pensou, "primeiro Geneviève. Depois, se houver tempo, pensarei em mim..."

E, ajoelhando-se, colocou a mão sobre o peito do barão. O coração ainda palpitava. Ele se inclinou mais:

– Está me ouvindo, não?

As pálpebras bateram fracamente.

Havia um sopro de vida no moribundo. Conseguiria arrancar qualquer coisa daquele resto de vida?

A porta, último baluarte, foi atacada pelos agentes. Sernine murmurou:

– Eu posso salvar você... tenho remédios infalíveis... Uma palavra, somente... Geneviève?

Essa palavra de esperança aparentemente suscitou-lhe forças. Altenheim tentou articular.

– Responda! – exigia Sernine. – Responda e eu salvo você... É a vida hoje... a liberdade amanhã... Responda!

A porta tremia com os golpes.

O barão esboçou sílabas ininteligíveis.

Debruçado sobre ele, apavorado, com toda sua energia e vontade no limite, Sernine ofegava de angústia. Os agentes, sua inevitável captura, a prisão, ele não pensava em nada daquilo, mas sim em Geneviève... Geneviève morrendo de fome, e que uma palavra daquele miserável poderia libertar!

– Responda!... você precisa...

Ele ordenava e suplicava. Altenheim gaguejou, como se hipnotizado, vencido por essa autoridade indômita:

– Ri... Rivoli...

– Rua de Rivoli, é isso? Você a prendeu dentro de uma casa nessa rua... Que número?

Um tumulto... gritos de triunfo... a porta fora derrubada.

– Para cima dele! – gritou o sr. Weber. – Peguem-no... Peguem os dois!

– O número... responda... Se você a ama, responda... Por que calar-se agora?

– Vinte... vinte e sete... – sussurrou o barão.

Sernine sentiu as mãos o apanharem. Dez revólveres o ameaçavam. Ele encarou os agentes, que recuaram com um medo instintivo.

– Não se mova, Lupin – exclamou o sr. Weber, apontando a arma –, ou eu atiro.

– Não atire – disse Sernine gravemente. – Não precisa, eu me rendo.

– Está blefando! É mais um de seus truques...

– Não – replicou Sernine. – Eu perdi a batalha. Você não pode atirar. Não estou me defendendo.

Ele exibiu dois revólveres e os jogou ao chão.

– Blefe! – repetiu o sr. Weber, implacável. – Direto no coração, rapazes! Qualquer gesto que ele faça, fogo! Qualquer palavra, fogo!

Havia dez homens ali. Ele posicionou mais cinco. Dirigiu os quinze braços para o alvo. E, colérico, tremendo de alegria e de medo, disse entre os dentes:

– No coração! Na cabeça! Sem dó! Se ele se mexer, se ele falar... fogo, à queima-roupa!

Com as mãos no bolso, impassível, Sernine sorria. A duas polegadas de suas têmporas, a morte o espreitava. Dedos se crispavam nos gatilhos.

– Ah! – riu o sr. Weber. – É um prazer ver isso... E imagino que desta vez nós acertamos em cheio, e de uma maneira feia para você, sr. Lupin...

Mandou abrir as janelas de um amplo respiradouro, por onde a claridade do dia penetrou bruscamente, e virou-se na direção de Altenheim. Mas, para grande espanto seu, o barão que ele acreditava estar morto abriu os olhos, olhos ternos e terríveis, já repletos de vazio. Ele olhou para o sr. Weber. Depois pareceu procurar algo e, ao ver Sernine, teve um surto de raiva. Parecia estar despertando de seu torpor, e que sua raiva repentinamente reanimada lhe devolvia parte de suas forças.

Apoiou-se sobre os dois punhos e tentou falar.

– O senhor o reconhece? – perguntou o sr. Weber.

– Sim.

– É o Lupin, não é?

– Sim... Lupin...

Sernine, sempre sorridente, escutava.

– Céus! Como me divirto! – declarou.

– O senhor tem algo mais a dizer? – perguntou o sr. Weber, que via os lábios do barão se agitarem desesperadamente.

– Sim.

– A respeito do sr. Lenormand, talvez?

– Sim.

– O senhor o prendeu em algum lugar? Onde? Responda...

Todo soerguido, com o olhar fixo, Altenheim apontou para um armário, no canto da sala.

– Ali... ali... – disse.
– A-há! Estamos quentes – riu Lupin.
O sr. Weber abriu. Em uma das prateleiras havia um pacote embrulhado em sarja preta. Ao abrir, encontrou um chapéu, uma caixinha, roupas e... estremeceu.
Ele reconheceu o redingote verde-oliva do sr. Lenormand.
– Ah, desgraçados! – exclamou. – Eles o assassinaram!
– Não – disse Altenheim, com um gesto.
– Então o quê?
– É ele... ele...
– Como, ele?... foi Lupin que matou o chefe?
– Não.
Com uma obstinação feroz, Altenheim agarrava-se à vida, ávido por falar e acusar... O segredo que ele queria revelar estava na ponta da língua e ele não conseguia, não sabia mais traduzir em palavras.
– Então – insistiu o subchefe –, o sr. Lenormand está morto, não?
– Não.
– Está vivo?
– Não.
– Eu não entendo... Espere, e essas roupas? Esse redingote?...
Altenheim virou os olhos para Sernine. Uma ideia veio à cabeça do sr. Weber.
– Ah, entendi! Lupin tirou as roupas do sr. Lenormand, e pretendia usá-las para fugir.
– Sim... Sim...
– Nada mal – exclamou o subchefe. – É um truque bem ao seu estilo. Teríamos encontrado dentro deste cômodo Lupin disfarçado de sr. Lenormand, provavelmente acorrentado. Seria a salvação para ele... mas não houve tempo. Foi isso mesmo, não?

– Sim... Sim...

Mas o olhar do moribundo fez o sr. Weber sentir que havia algo mais, e que o segredo ainda não era aquele. O que seria, então? O que seria esse estranho e indecifrável segredo que o moribundo queria revelar antes de morrer? E continuou a interrogá-lo:

– E o sr. Lenormand, onde ele está?
– Aí...
– Como, aqui?
– Sim.
– Mas estamos só nós neste cômodo!
– É... é...
– Mas fale logo...
– É o... Ser... Sernine...
– Sernine! Hein! Quê?
– Sernine... Lenormand...

O sr. Weber deu um salto. De repente, veio-lhe um clarão.

– Não, não, não é possível – murmurou. – Isso é loucura.

Ele olhou de lado para seu prisioneiro. Sernine parecia se divertir muito, assistindo à cena como um espectador que se diverte e quer saber o desfecho.

Esgotado, Altenheim desabou novamente. Morreria ele antes de revelar a solução para o enigma proposto por suas palavras obscuras?

O sr. Weber, abalado por uma suposição absurda e inverossímil, que ele não queria aceitar, mas que o perseguia, fez uma nova tentativa:

– Explique-se... O que mais há por trás disso? Qual o mistério?

O outro não parecia ouvir, inerte e com os olhos vidrados. O sr. Weber deitou-se ao seu lado e falou bem devagar, de modo que cada sílaba penetrasse no fundo dessa alma já afogada em escuridão:

– Escute... Eu entendi direito, não? Lupin e o sr. Lenormand...

Precisou de um esforço para continuar, de tão monstruosa que lhe parecia a frase. No entanto, os olhos ternos do barão pareciam contemplá-lo com angústia. Ele terminou, palpitando de emoção, como se tivesse pronunciado uma blasfêmia:

– É isso, não? Você tem certeza? Os dois são a mesma pessoa?

Os olhos não se mexiam. Um filete de sangue pingava pelo canto da boca... Dois ou três soluços... Uma última convulsão. Era o fim.

Na sala de baixo, apinhada de gente, houve um longo silêncio. Quase todos os agentes que vigiavam Sernine haviam se virado e, pasmos, sem entender ou recusando-se a entender, eles ainda ouviam a inacreditável acusação que o bandido não conseguiu formular.

O sr. Weber pegou a caixa que estava dentro do pacote de sarja preta e a abriu. Ela continha uma peruca grisalha, óculos de aros prateados, um lenço marrom e, em um fundo falso, potes de maquiagem e um estojo com pequenos cachos de pelos grisalhos –enfim, o necessário para compor o rosto do sr. Lenormand.

Aproximou-se de Sernine e, depois de contemplá-lo por alguns instantes sem nada dizer, pensativo, reconstituindo todas as fases da aventura, ele murmurou:

– Então é verdade?

Sernine, que não abandonara sua calma sorridente, respondeu:

– A teoria tem sua elegância e ousadia. Mas, antes de qualquer coisa, diga a seus homens que se afastem de mim com seus brinquedos.

– Certo – aceitou o sr. Weber, fazendo um sinal para seus homens. – E agora, responda.

– A respeito do quê?
– Você é o sr. Lenormand?
– Sou.

Um clamor se elevou. Jean Doudeville, que estava lá enquanto seu irmão vigiava a saída secreta, Jean Doudeville, o próprio cúmplice de Sernine, o olhava abismado. O sr. Weber, sufocado, permanecia indeciso.

– Está surpreso, não? – perguntou Sernine. – Admito que é bem divertido... Deus, como você me fez rir em alguns momentos, quando trabalhamos juntos, eu e você, chefe e subchefe... E o mais engraçado era você achar que ele estava morto, esse bravo sr. Lenormand... morto como o pobre Gourel. Mas não, meu velho, o rapazinho ainda vivia...

E apontou para o corpo de Altenheim.

– Olha, foi esse bandido que me jogou na água, dentro de um saco, com um paralelepípedo amarrado na cintura. Só que ele se esqueceu de tirar a faca de mim... E, com uma faca, é possível furar sacos e cortar cordas. Pois bem, Altenheim, seu azarado... Se tivesse pensado nisso, não estaria agora onde está... Mas chega de conversa... Que descanse em paz!

O sr. Weber escutava, sem saber o que pensar. Por fim, fez um gesto de desespero, como se desistisse de formar uma opinião razoável.

– As algemas – ele disse, repentinamente alarmado.
– É o máximo que lhe ocorre? – disse Sernine. – Falta-lhe imaginação... Enfim, se isso o diverte...

E ao ver Doudeville na primeira fileira de seus agressores, estendeu-lhe as mãos:

– Pronto, amigo. Dou a você a honra, e não vale a pena se acabar... Estou jogando limpo... já que não há outro meio...

Dizia isso em um tom que fez Doudeville entender que,

por ora, a luta havia terminado, e que só restava render-se. Doudeville o algemou. Sem mexer os lábios e sem uma única contração no rosto, Sernine sussurrou:

– Rua de Rivoli, número 27... Geneviève.

O sr. Weber não conseguiu reprimir um movimento de satisfação ao ver tal espetáculo.

– Vamos lá! – disse. – Para a Segurança!

– Isso, para a Segurança! – exclamou Sernine. – O sr. Lenormand vai fichar Arsène Lupin, que por sua vez fichará o príncipe Sernine.

– Muito engraçado, Lupin.

– É verdade, Weber, eu e você jamais vamos nos entender.

Durante o trajeto, no automóvel escoltado por três outros automóveis carregados de agentes, ele não disse nenhuma palavra... Eles só passaram pela Segurança. O sr. Weber, lembrando-se das fugas organizadas por Lupin, o enviou para a antropometria antes de levá-lo até a delegacia, de onde foi encaminhado para a prisão da Santé. Avisado por telefone, o diretor o esperava. As formalidades do fichamento e a passagem para a revista foram rápidas.

Às 7 horas da noite, o príncipe Paul Sernine adentrava a cela de número 14, da segunda divisão.

– Nada mal, suas dependências... nada mal mesmo! – declarou. – Tem luz elétrica, aquecimento central, vaso sanitário... Enfim, todos os confortos modernos. Perfeito, estamos de acordo... Senhor diretor, é com o maior prazer que fico com este apartamento.

Do jeito como estava, com as roupas do corpo, atirou-se na cama.

– Ah, senhor diretor, tenho um pequeno pedido a lhe fazer.

– Qual?

– Que não me tragam meu chocolate amanhã de manhã antes das 10 horas... estou caindo de sono.

Virou-se para a parede. Cinco minutos depois, dormia profundamente.